JN248510

あいあい傘

石川拓治 著
宅間孝行 原案

SDP
STARDUST PICTURES

結婚してよ、夫婦で歩いていくのはよ、つまりはあいあい傘で雨の中歩くことなんだって……。いや、これウチの婆ちゃんの口癖でよ。一見楽しそうに見えるあいあい傘だけどよ、激しい雨が降れば降るほど相手を気遣わなくちゃいけなくて、それでもやっぱり濡れちゃうからもっとお互いくっついて歩いていかなきゃいけなくて、行きたい方向が別れても一緒に歩いていなきゃいけなくて……何より走れねえってあいあい傘じゃ、一歩一歩歩いていくんだって……。恋人同士で別々の傘で歩いてりゃすぐにお互い別の道を選択できるけど、あいあい傘はそうはいかねえって。決して楽しいだけじゃねえってよ……。

宅間孝行　作

東京セレソンデラックス公演『あいあい傘』より

第一幕　一九八〇年代初頭のある年、残暑の続く九月。子連れのテキ屋はなぜ、泥棒を放免したのか。

1

昔は、町にも表と裏があった。

夜も真昼のように煌々と灯のともる盛り場があるかと思えば、そのすぐ隣に昼でもどことなく薄暗いような貧乏横丁があった。駅の北口が賑やかに栄えていれば、南口側はたいてい寂れていたものだ。

北関東の県庁所在地のその町も、駅の北口側は城下町から発展した繁華街で、呉服屋だった江戸時代からライバル関係にある二軒の老舗百貨店を中心に二百軒あまりの店舗が軒を並べていたが、南口側には長いことあちこちに林や野原や沼が残っていて、夜には狐や狸が出てもおかしくないくらい閑散としていた。

雨宮虎蔵がこの町の夏祭りに毎年通うようになってからの少なくともここ十五年間は、そうだった。

その間に北口側では様々な店が時代の移り変わりとともに栄枯盛衰を繰り返しながら発展し続けてきたが、南口側は昭和初期の郊外の面影を残したままひっそりと静まり返っていた。

ところが、近頃、にわかにその南口側の景色が変化し始めた。

去年は湿地の一部が埋め立てられて、市民球場ができた。今年は川向こうの連れ込み宿が二軒とも取り壊され、新しいホテルが建った。ラブホテルではない。外国資本らしい横文字の名前のついた立派なビジネスホテルだ。

「結局、玉ちゃんを連れ込めずじまいだったか……」

年ごとに周辺の景色と釣り合わなくなっている感のある南口食堂から、ビール二本と日本酒一合の三時の〝おやつ〟を終えて機嫌良さそうに出てきた虎蔵が、その洒落たビジネスホテルを見上げ、誰に言うでもなく呟いた。

ちょうど西の森に夕日が沈むところで、食堂の白いペンキを塗った壁がオレンジ色に染まっていた。

土手道へ上ると、川面を気持ちのいい涼しい風が吹いていた。風の中に、どこかで枯草か何かを燃やす芳ばしい煙の匂いが混じっていた。

葦が揺れ、緩やかに流れる川の水が夕日の光を浴びてキラキラと輝いている。過ぎゆく夏が、名残を惜しんで川面で遊んでいるようだ。

そのキラキラの向こうに、鉄筋コンクリート十二階建てのビジネスホテルが周囲を睥睨(へいげい)して建っているのだった。

虎蔵は土手道の草を一本引き抜くと口にくわえ、ビジネスホテルを横目で見ながら歩き出した。今年三十二歳の男盛り、背は並の男よりも首一つは高い。肉体労働者のようながっしりとした体躯をしている。

「木造モルタル二階建ての連れ込み宿とは、どえらい違いだなあ」

職業はテキ屋、全国津々浦々の縁日を回る露天商だ。東京の練馬に暮らす伯母にひとり息子の清太郎（せいたろう）を預け、自分は一年のうち八ヶ月以上を旅の空の下で暮らしていた。北関東のこの町には、毎年欠かさずやって来ていた。

（だけどいくら立派でも、俺には一生縁もなさそうな、あんなオツにすましたホテルなんてシロモノより、あの連れ込み宿の方がよっぽど良かったな。だいたい、これから玉ちゃんになんて挨拶をすりゃいいんだ）

今度は口に出さず、心の中であらましそういうことを考えたところで、虎蔵は柄にもない寂寥感に囚われた。

あの旅館が元のモルタル二階建てのままだったとしても、玉枝（たまえ）にはもうそんなことは言えなくなるのだ。

玉ちゃんを連れ込む云々は、まあ、言うなれば、虎蔵の戯れ言（ざれごと）だ。

玉ちゃんは、虎蔵がこの土地で世話になっているテキ屋の元親分の娘で、彼女がまだ三つ編みでランドセルを背負っていた頃から知っている。

「おじさん、どこの人?」

ランドセルを背負った玉枝が初めて話しかけてきた日のことを、虎蔵はよく憶えている。それは一学期の終業式の日で、玉枝は給食当番のエプロンを着て、両腕に白い布の袋やら紙の手提げ袋やらをいくつも提げ、水をすくって飲むときのように両手を合わせた姿勢で、慎重に恋園神社の石段を登ってきたのだった。

虎蔵はその石段のほぼ真ん中に腰掛けて、煙草を吸っていた。

そのときのことをよく憶えているのは、それが生まれて初めて「おじさん」と呼ばれた日だったからだ。子どもの頃から身体も大きかったし、顔つきも大人びていたから年齢よりは上に見られたが、さすがに「おじさん」と呼ばれたことはなかった。虎蔵は十八になったばかりだった。

「おじさんはいくらなんでもひでえじゃねえか」

虎蔵はとりあえずそう言ってみたが、大人びて見られたことが、少し嬉しいような響きもその東京の下町訛(なまり)には混じっていた。

「なんでもいいから、どいてよ。座るとこじゃないから、そこ」

少女は一心に、結んだ自分の両手を見つめている。白い華奢な指の隙間から水がしたたっていた。

「何持ってんだ?」

「アカハラ」

少女は、胸の前で小さな花のつぼみのように結んだ両手を少しだけ開けてのぞくと、そっと息をつき、それから目を上げた。深い漆黒の瞳が、真正面から虎蔵を見つめていた。白目の部分が青みがかって見えるほど白かった。

吸い込まれるように、少女の手の中をのぞくと、水がたまっていて、その底に黒っぽいトカゲのような生き物がいた。腹の鮮やかな朱色がちらりと見えた。

「なんだ、イモリか」

「わかったでしょ、だからどいて」

石段には充分な幅があったが、少女はあくまでも一直線に、その進路に座っていた虎蔵をどかして、登らねばならない事情があるらしかった。ほんのわずかな水もこぼさぬように、小さな手を筋が浮き出るほど固く結んでいた。少女はその生き物が両生類で、陸上でも呼吸できることを知らないのだろう。

そう教えてやろうかとも思ったが、虎蔵は思い直して立ち上がると、通り道を空けてやった。

「持ってやろか、荷物?」

「いい」

それだけ言うと、少女は手首のところまで滑り落ちていた布袋を器用に肘までゆすり上げ、そろそろと石段を登り始めた。

その後ろ姿を虎蔵がじっと見守っていると、五段ほど登ったところで、少女は小さな悲鳴を上げた。

「どした?」

「かんだ……かな」

「噛まねえよ」

虎蔵は、東京育ちだ。イモリとの対面はこれが人生二度目で、初めて見たイモリは小学校の教室のロッカーの上の水槽の中にいた。だから、本当のところはわからないが、友だちの誰かがそう言って、イモリを指先でつついているのを見た憶えがあった。

「ほんと?」

「あ、ああ……。たぶん、な。あ、ちょっと待て」

虎蔵はボストンバッグから空の水筒を取り出すと、蓋を外した。

「これ、使いな」

虎蔵が二段跳びで石段を登り、蓋を差し出すと、少女は何も言わず両手を蓋の上にかざし、水と一緒にイモリをそっとその中に落とし込んだ。

「手で、蓋しとかないとイモリ飛び出しちゃうかもな」

少女は素直に手のひらを蓋にかぶせて、イモリが逃げられないようにすると、真剣な眼差しで虎蔵を見つめた。

「いいの?」

「ああ」

「アカハラには、毒あるって」

「大丈夫だろ。黒焼きにして喰うくらいだから」

「おいしい……の？」
「薬にすんだよ。惚れ薬」
「え？」
「いや、なんでもねえ」
「洗って返す」

そう言うと、少女は小さな手で蓋を押さえたままトントンと石段を駆け上がった。

それが玉枝との最初の出会いだった。

彼女は境内へと続く石段の途中から神社の裏側に回ったところにある茶屋の娘で、偶然にも虎蔵が訪ねてきたテキ屋の親分の愛娘だった。

そのときの玉枝との会話が印象に残っていたのには理由がもう一つあって、それはどう見ても地元の小学生らしい彼女が、完璧な標準語を話したからだ。

虎蔵がこの町に来たのは初めてだったが、駅に降りたときからこの土地の訛の洗礼を受けた。語尾が尻上がりに上がり、なんだかやたらと耳触りな濁音が混ざる。誰も彼もがその言葉で話した。意味がわからないほどではなかったけれど、虎蔵は噺家（はなしか）の田舎者の口まねを思い出しておかしかった。

その訛が、玉枝にはまったくなかった。

後から聞いた話だが、そのテキ屋の親分が五十歳を過ぎた頃、新橋の芸者との間にできた娘（こ）が玉枝だった。玉枝は都内で母親の手で育てられた。その母親がある日、玉枝を残して若い男と駆け落ちした。　親分が玉枝を引き取ったのだが、それがその初対面の日の半年ほど前のことだった。

　近所の悪ガキどもは、この標準語で喋る東京から来た少女を、玉枝という本名ではなく、シメ子という渾名（あだな）で呼んだ。髪の毛の量が多いのか、背中に二本垂らした三つ編みが、恋園神社のしめ縄みたいに太かったのだ。

　髪の毛だけでなく、眉毛も黒々と太くて、小学生時代は悪ガキどもの絶好のいじめの対象だった玉枝は、高校生になる頃、蛹が蝶に変わるように、めきめきと美しくなった。

　虎蔵は二十四歳の夏を、四国の高知の病院に入院して過ごしている。

　ある寺の縁日で、地元の愚連隊と派手な喧嘩をし大怪我をしたのだ。おかげでその年は、夏祭りに来られなかった。

　翌年、二年ぶりにそのテキ屋の親分のところを訪ねたとき、虎蔵は絶世の美女という言葉を使っても大袈裟にならない生身の女に生まれて初めて出会ったと思った。

　それが、高校生になった玉ちゃんだった。

　その玉枝の父親であるテキ屋の親分は、松岡藤次（まつおかとうじ）といって、当時七十を過ぎていた。まだ元気だったが、縄張りを甥っ子に譲り、隠居の身になった。だから正確には元親分だ。隠居して、茶屋の主になった。

　幼くして父親を亡くした虎蔵の後見人である東京のテキ屋の親分と、この藤次が義兄弟の盃を交わしていた。十八でこの世界に入った虎蔵は、その最初の年から藤次のところに来るようになった。

藤次が恋園庵（こいそのあん）の主となってからは、その茶屋の二階が虎蔵のこの町での定宿だ。

藤次は贅沢の嫌いな性分だったが、さすがに広い縄張りを束ねていた元親分らしく、小ぶりだが瀟洒（しょうしゃ）な数寄屋造りの本宅があって、そこから恋園庵に通っていた。

といっても、玉枝が高校を卒業してからは、茶を沸かしたり、名物の焼き団子を焼いたりするのは、もっぱら彼女の役目になった。

驚くべき美貌にもかかわらず、玉枝は骨惜しみしない働き者だった。

しかも、幼い頃にいじめられたせいか、あるいは藤次の育て方のおかげなのか、年頃になってもおよそ男と遊ぶということをしない娘だった。言い寄る男は数知れなかったが、誰ひとり相手にしなかった。まともな交際の申し込みは完璧に無視されたし、しつこくすれば手厳しい肘鉄を喰らうことになった。

「あれは男嫌いだ」という、まことしやかな噂まであった。

もっとも毎年夏祭りや秋祭りのたびに集まってくる露天商の男たちは、それが的外れな噂であることをよく知っていた。

彼らの前では、玉枝は陽気に笑いもすれば、男たちの軽口にもポンポンと威勢良く口答えしたのだ。虎蔵がそうだったように、かなりきわどい軽口を叩く男も少なくなかったが、玉枝は負けていなかった。彼女が父親思いの働き者であることは誰もが認めていたが、だからといって、真面目でおとなしいだけの娘だと思っている男は、テキ屋の仲間内にはひとりもいなかった。

世間の一般と比較すれば荒っぽい男が多かったが、軽口は別にして、しつこく玉枝に言い寄ったり、たちの悪いいたずらをしかける男は誰もいなかった。それは長年にわたり地域に睨みをきかせてきた藤次の存在も大きかったが、何より玉枝の気持ちのいい性格ゆえでもあった。

藤次の引退により、公的には玉枝もテキ屋の世界とは無関係な存在となったが、その後も彼女はある種の聖域であり続けた。そしてそれは、彼女が藤次という後ろ盾を亡くしてからも変わらなかった。

それだけに、虎蔵には玉枝の告白が意外だった。

今年もいつものように祭りの前の週からこの町に先乗りを決め込んで茶屋に荷物を下ろした虎蔵に、まるっきりなんでもない世間話のように、玉枝はこう言ったのだった。

「私、子どもができた」


昼飯を喰いそびれ、茶屋の縁台で玉枝の作ってくれた親子丼をむさぼり喰っていた虎蔵は、口の中の米と卵と鶏肉のかたまりを思わず吐き出しそうになった。

激しく咳き込みながら、目まぐるしく頭を回転させる。

いや本当は、そんな必要はない。なにしろ虎蔵には、何も思い当たる節がないのだから。

それでも若い女に面と向かっていきなりそう言われたら、記憶の底を探ってあれこれ考えてしまうのは、流れ者の性(さが)というものだろう。

まして虎蔵は玉枝に会うたびに、「どうだ、一緒に川向こうに行く気になったか?」と声をかけるのが挨拶代わりだった。川向こうには、例の古い木造の連れ込み宿があった。

もしかしたら、去年の祭りの終わりの打ち上げでへべれけに酔っ払ったときに、無理矢理玉枝の手を引いてその挨拶を実行したかもしれないではないか。

いや、待てよ。

そんなことは万に一つもあり得るはずはないのだが、仮にその万に一つがあったとしても、最後に会ったのは去年の夏だ。一年が過ぎている。それなら「子どもができた」ではなくて、今頃はその子を胸に抱いていなければおかしい。

「なんだ玉ちゃん、言っていい冗談と悪い冗談があるぜ……」と、そこまで言いかけ、初めて虎蔵は驚くべき事実に思い当たった。

玉枝は、相手が俺だなんて一言も言っていないのだ。

というよりも、相手が俺のわけはないのだから、玉枝は最初から俺に、自分が誰かの子を孕んだと言っているのだ。あっけらかんと、まるで鼻の頭に吹き出物か何かでもできたみたいに。

いや、この年頃の女なら鼻の頭に吹き出物なんか出た日には、身投げでもするんじゃないかというくらいの悲壮な顔をするものだ。玉枝のお腹の子には悪いが、子どもができたことを鼻の頭の腫物ほども気にしていないということらしい。

そういう目で見れば、玉枝の下腹はもはや小娘の引き締まったそれではなかった。迂闊にも気づかなかったが、よく見ればそこは晩冬の木蓮の花芽のように、春に向かってみっしりと膨らみ始めているではないか。

虎蔵が激しく動揺したのは、しかしそのことではない。

玉枝に子どもができて自分が動揺しているというそのことに、衝撃を受けたのだった。


虎蔵と玉枝は、八つ歳が離れている。微妙な年齢差だ。

その昔なら、それくらいの歳の差はむしろ理想とされたくらいだ。十八の初々しい妻に、働き盛りの二十六の夫とくれば、それこそ絵に描いたような若夫婦の図だ。玉枝は今二十四。三十二の虎蔵の伴侶として若すぎるわけではない。

けれど、十八の虎蔵が初めて玉枝に会ったとき、彼女はまだランドセルを背負った三つ編みの小学生だった。自分はいっぱしの大人のつもりだったから、もちろん玉枝は小便臭い子どもでしかない。

虎蔵にとっての玉枝は、何年経っても、アカハラを両手ですくって一心に神社の緑色に苔むした石段を登ってきた、あのときの子どものままだった。

連れ込み宿云々の戯れ言は、言うなれば、一瞬でも玉枝に目を奪われたことに対する虎蔵流の乱暴な照れ隠しだった。

虎蔵としては、年頃の娘である玉枝に、連れ込み宿に行こうなどというきわどい軽口を叩けるくらい明らかに、自分は玉枝とは歳が離れた対象外の存在であると言っていたわけだ。親戚の幼い女の子を抱き上げて「おじちゃんのお嫁さんになるか？」とからかうのと同じことだ。

その証拠に、虎蔵は藤次がいる前でも遠慮なくその挨拶代わりの軽口を叩いたし、藤次も笑っているだけで、気にしている風はなかった。

まあ、そういうこともあって、虎蔵はいつしか玉枝の兄代わりにでもなったような気持ちでいた。藤次が亡くなってからは、特にその気持ちが強くなった。

それがどうして、玉枝が妊娠したからといってこんなに動揺したのだろう。めでたい話ではないか。

藤次が死んでから、玉枝はひとりであの屋敷に住んでいる。美しい女のひとり暮らしは物騒だ。結婚したとか、誰かと夫婦約束をしたという話は聞いていないが、まあ近頃の若い者のことだ、順番はどうでもいい。

玉枝は浮ついたところのない娘だ。彼女の選んだ男なら、間違いはない。

内心の激しい動揺を無理矢理押さえ込み、虎蔵はいつもの調子で軽口を叩いた。わずかに声が裏返ったが、玉枝は気づかなかった。

「何、子ども？　どんな奴だ？」

「何言ってんの、まだ、お腹ん中よ。どんな奴も何もあったもんじゃないわ」

「そうじゃなくてよ、そ、その……手の早い、どっかの馬の骨だよ。どんな野郎だ？　俺みたいにいい男か？」

虎蔵の動揺が、漠然とした不安に変わったのは、虎蔵がそう聞いたときの玉枝の表情だった。ほんの一瞬だったが、万事に鈍感なはずの虎蔵でさえ、思わずどきりとするほど寂しそうな顔をしたのだ。

　そして、いつもの玉枝からは考えられないようなことを言った。

「そうでもない……、かな」

「な、なんだよそれ。俺より、不、不細工ってことか？」

　かろうじて調子は保ったが、予期せぬ反応に虎蔵はしどろもどろになった。

「バカ言わないでよ、オジさんの百倍はいい男よ」とかなんとか、威勢のいい言葉が返ってくるものとばかり思っていたのだ。

「ま、まあ、俺よりいい男なんてものは、そう簡単にめっかるもんじゃねえからな。だけど、あれだろ、顔は不細工でも、ここはいいんだろ？　ん？　あ、わかった。学者か？」

　何年か前、妙に思い詰めた顔で毎日茶屋に通っていた青っ白い顔の大学生をふと思い出して、右手の人差し指で自分の頭を叩きながら虎蔵がそう言っても、玉枝は曖昧な笑みを浮かべるだけだった。

「どうした。何かあったのか？」

　虎蔵がおろおろと尋ねると、左右に首を振る玉枝の目にみるみる涙があふれ、頬にポロポロとこぼれ落ちた。

　なんと声をかければいいかわからなくて、虎蔵が口をパクパクしていると、玉枝が涙をぬぐい、鼻をすすりながら、いつもの調子に戻って言った。

「なんでもない。嘘よ。かわいそうだから、嘘ついたの。残念ながら顔も頭も、虎ちゃんの何倍もいい人だから。心配しないで」

「お、おう。そうか」

かろうじて答えたが、そのときの涙声は虎蔵の耳にこびりついていた。

玉枝が泣くのを初めて見た。藤次の逝去を電話で知らせてきたときも、そんな声は出さなかった。


川面を渡ってくる風に吹かれながら土手道を歩いていく間にも、虎蔵の影はどんどん伸びていった。その影を踏む遊びを玉枝に教えてやったのも、この川の土手道だった。彼女はまだ赤いランドセルを背負っていた。

玉枝の身に、何があったのか？

あの涙は、どういう涙なのか？

考えても仕方のないことを考えないのは虎蔵の取り柄だったが、今度ばかりはわけが違った。何をしていても、ふと気がつくと考えていた。

男として玉枝を案じているのか、ある種の友情なのか、それとも肉親を心配するのと同じ気持ちなのか。

おじさん、虎おじさん、兄ちゃん、アニキ、虎ちゃん、虎蔵さん――。

虎蔵の呼び方こそ、会話の流れや場の勢い、雰囲気とかその日の気分によって、ころころと変わったけれど、玉枝は大人になってからも、子どもの頃と変わらぬ同じ距離感で虎蔵に接した。

彼女にとって虎蔵は、いつだってちょっと年かさの兄貴分だった。

虎蔵もそのつもりで接してきたはずなのに、今度のことがあって、その気持ちに自信が持てなくなった。ひょっとしたら、俺は玉枝に惚れているのではないか。

そんなわけはないと打ち消しても、五分もすればまた玉枝のことを考えていた。

心配でたまらないのだ。

兄が妹のことを、こんなに考え続けるものだろうか。

まあ、玉枝が選んだ男に間違いがあるはずはない。

真面目で優しい男に決まっている。

けれど、それならなぜ、玉枝はあんな悲しそうな顔をしたのだろう。

それが、どう考えてもわからなかった。

いや、どんなに聡明で慎ましい女でも、悪い男に騙されることはある。

むしろ、玉枝のように根が真面目な女ほど、悪い男の餌食になりやすいのではないか。

男も女も、自分にないものを持っている相手に惹かれると言うではないか。背の低い男は背の高い女が好きで、バカな女は高学歴の男に憧れる。ブスはたいてい面食いで、乱暴者は気の優しい女に弱い。

真面目な女はワルに惹かれるのだ。

そうだ、きっとそうに決まっている。玉枝はとんでもないワルに引っかかったに違いない。それで困って、あんなに悲しそうな顔をするのだ。

よし、俺がなんとかそのワルをとっ捕まえて、叩きのめして、性根を……。

虎蔵がそこまで考えたとき、遠くから聞き覚えのある声がした。

「とうちゃーん」

土手道の上に長く長く伸びた自分の影のずっと先に人影があった。子どもと、その母親だろうか。二人は手をつないでいた。

「とうちゃーん」

子どもが大きく手を振った。

息子の清太郎だった。

どきりとした。

清太郎にではない。

息子が手をつないでいるのが母親なら、それは……。


無論そんなことはあり得ない。清太郎の母親、つまり虎蔵の女房の早苗(さなえ)は八年前に他界していた。臨月が近づいた頃、早苗の様子がおかしくなって医者で診てもらったら、妊娠中毒症という診断だった。かなり重症で、医者は子どもを諦めた方がいいかもしれないと言った。

「私は大丈夫だから」

万事に控えめな早苗が、そのときだけは強情を張った。

次善の策で医者は促進剤を使い、清太郎は未熟児で生まれた。取り上げた助産婦は三つまで生きられないかもしれないと言った。

　早苗が清太郎を抱くことができたのは、半年だけだった。産後の床についたまま、早苗は半年後に息を引き取った。

　亡くなる一週間前、早苗はどうしても清太郎を背負ってみたいと言い出した。虎蔵は百貨店に走って、真っ赤な負ぶい紐を買ってきた。赤は早苗の好きな色だった。

「こうやってさ、赤ちゃんを背負って、虎さんにご飯作ったげるのが夢だったんだ」

　痩せた身体で背中の清太郎をあやしながら、早苗はそう言って泣いた。

　助産婦の言葉通り、清太郎は三歳までは病弱で、よく高い熱を出した。夜中に清太郎を抱え、何度医者へ走ったかわからない。

　そのせいか成長も遅かった。立つのも、歩くのも、言葉を覚えるのも遅かったが、三歳を過ぎた頃から見違えるように元気になった。青っぱなは始終垂らしているけれど、近頃は風邪一つ引かない。

　清太郎は今日も青っぱなを垂らし、何が嬉しいのか大笑いをしながら、土手道をこちらに向かって歩いてくる。

「とうちゃーん」

　もうわかったから、その「とうちゃん」はやめろと言おうとして、ふと気がついた。清太郎は自分と同じように、俺にも手を大きく振れと言っているのだ。そうするまで「とうちゃん」と叫ぶのをやめないだろう。

試しに軽く手を振ると、清太郎が気づいてさらに大きく手を振った。そんなんじゃなくてこういう風に大きく手を振るんだよと、手本を見せているらしい。

虎蔵は清太郎に負けない勢いで激しく手を振った。それで満足したらしく、清太郎は手を下ろしたが、今度は両足でピョンピョンと跳び始めた。跳びながら、また大声で「とうちゃーん」と叫んでいる。

今度は跳べということか。

やれやれ。けれど跳ばない限り、あいつはずっと叫び続けるだろう。強情なのは、誰に似たのか。仕方なく、虎蔵がドシンドシンと跳び始めると、清太郎と手をつないでいる女がお腹に手を当てて俯いた。

風に乗って、聞き覚えのある快活な笑い声が流れてきた。

玉枝だった。

玉枝が、清太郎の手を引いていた。沈む日の光を真正面に受けて、二人の姿が夕焼け色に染まっていた。

その光景が、虎蔵の心を激しく揺さぶった。

夕日がぶわっと涙でにじんだ。熱い涙がこみ上げて、あやうく瞼からあふれそうになったので、慌てて手鼻をかむふりをして誤魔化した。

危ないところだった。玉枝の手を振りほどいた清太郎が、ぴょんぴょんと跳びながらすぐ目の前までやって来ていた。虎蔵はわざと大きな音を立てて鼻をすすり上げ、威勢良く「かーっ、ぺっ」と痰を土手道に吐いた。

「とうちゃん」

清太郎が嬉しそうに言った。

「おう、清太郎」

「おやつ、のんだのか?」

「なんだよ、藪から棒に」

「顔、赤いよ」

「おやつはよ、飲むもんじゃねえよ。喰うもんだ。ほれ」

そう言って、虎蔵は上着のポケットから新聞紙にくるんだコロッケを出して清太郎に手渡した。清太郎の顔がぱっと輝いた。

「やったー。玉ねえちゃんの言った通りだ」

「なんだよ、言った通りだって」

虎蔵が玉枝を見て呟くと、それまで虎蔵の顔をじっと見つめていた玉枝が慌てて目をそらしながら言った。

「違うのよ。昨日、駅前の八百屋さんでジャガイモの大安売りしてて、ゲンさんが大量に買うの見たから」

「ゲンさんって?」

「あ、名前知らないか。南口食堂の、ほら、大将と言うかマスターと言うか」

玉枝は右手で頭をつるりとなでた。

「ああ、あのタコ親父？」

「そうそう、その親父さんがジャガイモを買い込んだ翌日のつきだしは、たいていコロッケ。まあ、いいわその話は。それより清ちゃん、ひとりで来たみたい」

虎蔵が驚いて見下ろすと、夢中でコロッケに齧りついていた清太郎がぼんやりと顔を上げた。

「おい、本当かよ。ばあちゃんは？」

「ウチだよ」

清太郎は、なんでもないことのように答えた。

「ウチって、練馬のか？」

「うん」

「じゃあ、お前どうやって来たんだ？」

「デンシャ」

「切符は？　どうやって買った？」

「エキチョーサンに聞いた」

「金は？」

「おとしだま」

「学校は？」

「ちゃんと行ったよ」

「明日は？　明日は土曜だぞ。学校あんだろ」

「ソーリツキネンビで休みだって」

「ほんとかよ。ったく、しょうがねえなあ。伯母さん何やってんだ」

「ばあちゃん、知らないよ」

清太郎が無邪気に言った。

「なんだって？」

「だって、ばあちゃんいなかったから」

そう聞いて、虎蔵の顔がみるみる赤くなった。

「じゃあ、なにか。お前、ばあちゃんに黙ってここまで来たってのか？」

清太郎は一瞬おびえた目をしたが、覚悟を決めたという風に大きく頷いた。虎蔵は目をぱちくりさせた。

「お、お前なあ、ばあちゃんが心配するとは思わねえのか」

「てがみ書いた」

「手紙？」

「うん」

「お前が？」

「ほんとだよ。おいら、うそつかねえよ」

「じゃ、なんて書いた。言ってみろ」

「ばんごはんいりません、って」

「それじゃ、わかんねえだろ。慌ててあちこち探してるぞ、今頃」

「大丈夫よ、虎ちゃん。私、電話しといたから」

玉枝が、虎蔵を落ち着かせるように言った。

その顔に浮かんでいるなんとも言えない柔らかな微笑を見て、虎蔵は唐突に、さっきから自分の感情を揺さぶっているものの正体を見た気がした。いきなり鼻の奥がツーンとなって、また涙があふれそうになった。

「な、なんだ。そうか。それなら、安心だ。すまねえな玉ぼう」

「何よ、玉ぼうって。もう子どもじゃないんだからね、私」

「ははは、そうだな。玉ちゃんも、もう立派な娘だもんな。玉ぼうなんて呼んでたのは、まだ寝小便してた頃だもんな」

「何よ、虎ちゃん。嫌ね」

「ははは、悪い、悪い」

笑いながら、そうだこれだったんだと思った。

玉枝は亡くなった早苗に似ていたのだ。

いや、誰の目にも美しい玉枝と、あの早苗を似ているなどと言ったら、たいていの人は笑うに違いない。

早苗は美人ではなかった。もしも投票で彼女を大きく美人と醜女の二つに分けるなら、後者に票を入れる男の方が多いはずだ。口が大きく、頬骨が張っていて、目と目の間がちょっと広い。よく言えば、個性的な顔。口の悪い男なら、ブスと言うだろう。

けれど、虎蔵はそういう早苗の顔に惚れたのだった。

よく笑う女だった。そして、よく泣いた。

自分のことにではない。自分のことで泣いたのを見たのは、後にも先にも清太郎を負ぶい紐で背負ったあの一度だけだったが、他人のことでは本当によく泣いた。生身の人間はもちろん、テレビの中の人のためにも泣いた。それが実在の人物であろうが、ドラマや映画の架空の登場人物であろうが、とにかくそこに誰かがいて泣いていれば、一緒に泣いた。

人だけでなく、相手が動物でも植物でも、すぐに感情移入する女だった。

泣いていたかと思えば笑い、笑っていたかと思えば泣いた。喜んだり、怒ったり、拗ねたり、悲しんだり、興奮したり……。感情の変化に応じて表情が目まぐるしく変わった。そのころころ変わっていく生き生きとした表情、笑ったり泣いたり怒ったりの顔が、早苗と玉枝はよく似ていたのだ。似ても似つかぬ美人と醜女の二人の女だから気づかなかったけれど、自分は玉枝の中に亡き妻の面影を見ていた。

その柔らかな笑みも、怒ったというようにちょっと膨らませた頬の形も、早苗と玉枝は似ていた。そう思うのは自分だけだろうけれど、それでも間違いなく二人はよく似ていた。だから、玉枝のことが妙に気になって仕方がなかったのだ。

もっと言えば、早苗がもう少し生きて、玉枝が今そうしているように、清太郎の手を引いて歩くことができたら、清太郎の父と母として親らしい時間を少しでも過ごせたら……と、絶対にかなうことのない夢を見ていたのだ。

　自分が恋い焦がれていたのは、玉枝ではなく早苗だった。


「そういうこと、か」

　虎蔵がぼそりと呟いた。

「え、何?」

　玉枝が、聞いた。

「いや、なんでもない」

　そうとわかった途端、まるで嘘のように心のざわめきは収まっていた。

「ったく、そういうことだったのか」

「何よ?」

「いや……」

「言いなさいよ」

「いやなに、あの連れ込みももうなくなっちまったなって……」

　虎蔵が川の向こうのホテルを見ながら呟くと、少し後ろを歩いていた玉枝が立ち止まる気配がした。

「あんな綺麗なホテルだったらいいよ、行っても」

「ん？」

玉枝が何を言ったかわからないまま、虎蔵が振り向くと、玉枝がいつになく真剣な顔でこちらを見上げていた。その頬に、微かに赤みが差したのを見て、虎蔵は出し抜けに彼女の言葉の意味を理解した。

「ば、ばか。何言ってんだか」

虎蔵は思わず、清太郎の姿を探すふりをしながら言った。さっきまで虎蔵の腕にぶら下がるようにして歩いていた清太郎は、土手道から川岸に下りて夢中で石投げをしていた。小さな石が川面で跳ねる微かな音がした。

「時代遅れの旅館は嫌だけど、あのホテルなら考えてもいいよって」

「……」

玉枝の目に、挑戦的な光が浮かんでいるのを見て、虎蔵はそっと息を吐いた。

「お前なあ」

「何よ」

「大人をからかうもんじゃないよ」

「からかってなんかないよ」

「じゃあ、行くか。今夜」

「いいよ」

「い、いいよって。お前、自分が何言ってるのかわかってんのか」

「あのさ」

「な、なんだよ」

「誘ったのは、虎ちゃんの方なんだよ。私が高三になったときから、延々と誘い続けてるんだからね」

「誘ってなんかねえわ。冗談だよ、冗談。冗談に決まってんだろ、そんなこと」

「冗談で、女心もてあそんだの？」

「もてあそぶって……。はーん、わかったぞ」

「……」

「自棄になってんだろ。何があったんだ？」

「……」

「言ってみな」

「何もない」

「何もないって……」

「なんにもなかったのよ、初めっから」

「どういう意味だよ、何もないって。何もなかったら……」

虎蔵が思わず玉枝のお腹に視線を落とすと、そこに清太郎の顔があった。

いつの間にか河原から土手道に上り、二人の間に挟まっていた。ただ、唇が紫色になっている。

頭の先からつま先までずぶ濡れだった。

「清ちゃん、どうしたの？」

　虎蔵が反応する前に、玉枝が動いていた。

　清太郎の前にしゃがむと、両手でシャツとズボンに触ってどれだけ濡れたかを確かめ、濡れた髪をそっとかき分けながら怪我をしていないかを調べる。

「川に落ちたのね？　どこかぶつけてない？」

　清太郎は首を横に振った。真っ青な唇を真一文字に結んで、ガタガタと震えている。右手の二の腕の内側に、青あざができていた。

　その青あざを確かめながら、玉枝が言った。

「痛くない？　水飲んだ？」

　清太郎は、また大きく首を横に振った。顎がカチカチ鳴っていた。

「このままじゃ、風邪引いちゃうわ。服、脱ごう」

　言いながら、玉枝はくるくると清太郎を裸に剥き始めた。剥きながら、虎蔵を見上げて右手を出す。

「手ぬぐい」

　虎蔵がいつも腰に提げている手ぬぐいを渡すと、玉枝は反射的に鼻に近づけ、軽く眉間にしわを寄せた。

「清ちゃん、ちょっと臭うけどごめんね」

　そう言いながら丸めた手ぬぐいで、乾布摩擦をするようにゴシゴシと力強く清太郎の濡れた身体を拭いた。

その手際の良さを、虎蔵が呆然と眺めていると、玉枝は立ち上がって前掛けを外した。ブラウスを脱いで裸の清太郎に着せると、虎蔵を手招きした。

「ほら、清ちゃん背負って。ウチまで走る！」

太陽はいつの間にか、遠い山並みに沈み、川辺の景色を万年筆のインクのような夕闇が染め始めていた。川面を吹く風は、涼しいを通り越して冷たくなっていた。

「虎ちゃん！」

走り出した虎蔵に、玉枝が大声で叫んだ。

「お店じゃなくて、ウチの方へ連れてってね。お風呂沸かすから。あたしは、これだから……」

そう言って玉枝は、お腹に手を当てた。

「歩いてくから、先に行って。裏の勝手口鍵開いてるから」

虎蔵は大きく頷くと、ドスドスと足音を立てて土手道を走った。清太郎は思ったよりもずっと軽かった。まだこんなに小さかったんだと思うと、不覚にもまた涙があふれた。

まだこんなに小さいのに母を亡くし、母親に甘えたい時期に甘えることもできず、母親のいない悲しみを抱えながら生きてきたのだ。自分などより、この小さな清太郎の方がずっと大人のような気がした。

背中の清太郎が、鼻を鳴らした。

「どうした？」

返事の代わりに、くすくす笑う声が聞こえた。

「なんだ、笑ってんのかよ?」

「うん」

「寒くねえか」

「だいじょーぶ」

背中に小さな清太郎の存在を感じながら、虎蔵は夢中で走った。

すっかり闇に沈んだ川面に反射したホテルの照明のきらめきが、虎蔵に嫌でも玉枝の寂しそうな顔を思い出させた。

2

虎蔵は必死に走ったが、清太郎はその晩から高熱を出して五日寝込んだ。

もっとも後半の二日間は、寝込んだというより玉枝に甘えたくて、寝込んだふりをしていた。

熱は下がっているのに、起き上がるとふらふらするだの、腹が痛いだのと言って、ぐずぐずと床を離れようとしなかったのだ。

医者は熱が下がっても大事を取ってしばらく休ませろと言っていたし、週末は縁日が忙しくて玉枝に任せっぱなしにせざるを得なかったということもある。虎蔵としても清太郎に負い目を感じていたので、その明らかな仮病を深く追及しなかった。

玉枝は清太郎の仮病に気づいているのかいないのか、いじらしいほどにかいがいしく清太郎を看病した。彼女も、その状況を楽しんでいたのかもしれない。虎蔵は茶屋の二階で寝起きしたが、清太郎はそのまま藤次の残した玉枝の家に泊まっていた。

二人はどう見ても病気で寝ついた息子と看病する母親という風情で、縁日の後片付けを終えた虎蔵が二日ぶりに息子の顔を見に玉枝の家に出かけたときには、二人の間に入り込む隙間がなかった。実の父親の自分が遠い親戚の叔父さんにでもなったような気がした。

もっとも、子どもはゲンキンだ。その清太郎が今日はもうけろっとした顔で、「早くばあちゃんのウチに帰ろう」とせがんでいた。

ばあちゃんと呼んでいたが、実の祖母ではない。虎蔵の父親の姉で、早苗が亡くなってからは虎蔵が旅に出ている間は清太郎の面倒を見てくれていた。その夫が、虎蔵をこの道に引き入れてくれたテキ屋の親分だ。

昨晩、小学校の友だちのケン太に電話したら、クラスに女子の転校生が入ってきたと言う。それがなんと金髪に青い目の少女なのだそうだ。それで里心がついたらしい。朝から「帰ろう、帰ろう」と、屋台の片付けに忙しい虎蔵にうるさくまとわりついていた。十時には業者が屋台を引き取りに来る約束になっていた。トラックへの積み込みは業者がするが、積み込みやすいように屋台を分解して荷造りするのは虎蔵の仕事だった。

恋園神社は駅の北口側の、賑やかな商店街の上にあった。

商店街を見下ろすこんもりした森が神社の境内で、いちばん下の一の鳥居から数えると六百何十段かの、苔むした石段を登らなければならなかった。

日光の東照宮を模したと言われる本殿は、何年か前に塗り替えたばかりの朱色の柱が鮮やかで立派なものだったが、そこまで登りつくのは大変だった。二の鳥居はその気の長い石段の中ほどにあって、そこから頂上の境内へと真っ直ぐ登る石段と、神社の裏手へ続く石段の二方向に分かれている。裏手へ続く石段を降りていくと、恋園庵がある小さな広場になっていた。

虎蔵たちの屋台は、その広場にあった。鎮守の森の木々が周囲に茂っている。九月も半ばを過ぎたというのに、その日も朝からツクツクボウシが盛大に鳴いていた。

「ああもう、うるせえなあ。お前はどうしてそういつも父ちゃんを困らせんだよ」

「だってさ、早く帰らないと、ベンキョウがおくれちゃうよ」

「何言ってんだよ、お前。昨日まで、帰りたくないって言ってたじゃねえか。玉ちゃんの子どもになって、こっちの学校に通いたいって」

清太郎は悲しそうな顔をした。

「でもさ、帰りたいよ」

「……。わかったよ、わかったから、そううるさくつきまとうな。父ちゃん、ここの始末が終わったら、元締めに挨拶に行かなきゃならねえんだ。そしたら、練馬に帰るからよ。もう少し辛抱しろ」

「うん」

清太郎がこっくりと頷いた。

元締めという言葉に反応したようだ。それが何者かはわからなくても、父親の仕事に大きな影響を与える人間であることはわかっているらしい。

「よし。わかったら、あっち行って遊んでな。昼飯は玉枝ねえちゃんに頼んどいたから、昼には戻ってこいよ」

「とうちゃんは？　いつ帰る？」

「夕方には戻るよ。戻ったらすぐに出発するから、昼飯喰ったらあんまり遠くへ行っちゃだめだぞ」

「わかった」と大きな声で叫びながら、清太郎は神社の本殿へと続く石段を勢いよく一段抜かしで駆け登っていった。その後ろ姿を見上げながら、虎蔵は背中を伸ばした。

石段の二段分は、清太郎の足にはまだ少し広すぎるらしく、時々危なっかしく左右に傾いたが、それでもなんとか様になっていた。去年はあんな風には登れなかった。虎蔵の左腕にしがみついて、必死で足を伸ばして一段抜かしをしていたのを憶えている。

足が上の段にかかったタイミングに虎蔵がぐいと力を入れて引っ張り上げてやると、清太郎の身体がふわりと宙に浮く。そのどこが楽しいのかわからないが、清太郎はけらけら笑っていたものだ。

それが今年はもう、あんな風に誰の手も借りずに一段抜かしで駆け上がっていく。

またしても虎蔵の目が潤み始めた。早苗があの姿を見たら、どんなに誇らしい思いになっただろう。一目でいいから、あの一段抜かしを見せてやりたかった……。

いや、自分でもよくわかっている。

最近の自分は、自分でもちょっとどうかしているのではないかと思うくらい、涙もろくなっていた。昔はこんなに涙を流すことはなかった。というより、泣いたことがなかった。女手一つで自分を育てた母親が死んだときだって、涙の一粒もこぼさなかった。

いつも早苗が先に泣いたからだ。

あのとき、まだ早苗は虎蔵の妻ではなかった。

早苗は一つ年下の幼馴染みだ。幼い頃はよく一緒に遊んでいたらしいが、虎蔵は何をして遊んだのか、ほとんど憶えていない。

「水道の給水塔の下にあった花壇の菊の花の蕾、咲く直前に全部むしって、洗濯場のたらいでじゃぶじゃぶ洗ったじゃない。二人並んで、お尻叩かれてさ。憶えてないの?」

結婚してから、早苗はよくその話をした。何度も同じ話を聞いているうちに、そんなこともあったような気がしてきたが、正直言うと、給水塔が家の近所にあったことすら憶えていなかった。

母親を早くに亡くした早苗は、平尾(ひらお)という無口な左官の父親と二人で虎蔵の家の二軒隣に暮らしていた。同じ公営住宅だ。

虎蔵の母の通夜、早苗は白い割烹着を握りしめて虎蔵の家にやって来た。その頃は通夜も葬儀も自宅で執り行うのが普通だった。故人の家族に代わり、同じ町内会の主婦たちが、弔問客のために茶や酒を出し、白おこわを炊き、煮染めやけんちん汁でもてなすのがそのあたりの習わしだった。早苗は平尾家の主婦として、手伝いに来たのだ。

虎蔵の父親は、博徒だった。それもあまり腕のいい博徒ではなかったらしい。あちこちに不義理と借金を残し、幼い虎蔵と、まだ二十歳を過ぎたばかりの母親を残して死んだ。その借金を返し、なんとか虎蔵をまともに育てようと、母親は昼だけでなく夜も働いた。隣近所とは通り一遍のつきあい程度で、家に上がり込んでお茶を飲んだり飲ませたりするような友だちはひとりもいなかった。そんなわけで勝手を知らない他人の家の台所で、近所の主婦たちが砂糖はどこだ、皿が足りないと騒ぐたびに、早苗が黙って戸棚を開け、食器棚を開け、砂糖や皿や箸を取り出した。

「あら、早苗ちゃんよく知ってるわね」

「子どもの頃、よくおばちゃんにここで台所仕事教わってたから」

早苗がそう答えるのを、亡き母の枕元に座って、灯明と線香が燃え尽きてしまわないように何度も取り替えながら、不思議な思いで聞いていたのを思い出す。そう言えば、早苗の母親が亡くなった後、まだ若かった虎蔵の母が早苗を頻繁に家に連れてきていたのだった。

「早苗ちゃんと遊んであげなさい」

よく母親にそう言われた。

しかし、いくら母ちゃんの頼みでも、女などと遊んでいるところを友だちの誰かに見られたら、虎蔵の男としての沽券にかかわる。一年坊主や二年坊主ならいざ知らず、五年生のこの俺が女と遊べるわけはない。だいたい、女と、いったい何をして遊ぶというのだ。

あの頃はそんなことを考えていたものだ。もっと言ってしまえば、少年時代の虎蔵は他の男たちと同じように、早苗をブスだと思っていた。

早苗も自分から虎蔵に近づいてくるようなことはなかった。ただ、小学校の校庭や近所の野っ原で虎蔵が悪ガキたちと遊んだり、喧嘩したりしているときに、遠くの方からこちらを見ている早苗と目が合うことが時々あった。そういうとき、早苗はいつもひとりぼっちだった。それだけのことだが、早苗の心細そうな顔だけはなぜかいつまでも憶えていた。

葬式の日も、早苗は割烹着を着て虎蔵の家の台所に立っていた。他の手伝いの主婦たちも、早苗があまりにこの家のことを知っているので、いつの間にか若い早苗の指図にしたがうようになっていた。早苗は、あくまでも年下の女としての謙虚さを保ちながら、しっかり台所を差配した。

ただ、なにかというと泣いた。

あまりにも泣くので、虎蔵が慰めなければならないほどだった。客の中には、虎蔵ではなく早苗に弔意を告げて帰っていく者もいた。実の娘だとでも思ったのだろう。これではどっちが遺族だかわからない。客の思い出話にもらい泣きする早苗の後ろで、小さくなりながら虎蔵は思ったものだ。けれど、それは嫌な気分ではなかった。母というこの家の中心を喪ってできた大きな空洞を、早苗が涙で埋めてくれるようだった。

葬式を終えてから、早苗はたびたび虎蔵の家にやって来るようになった。

母親の葬式を執り行った坊さんは三十代の熱心な住職で、四十九日までの七週間、毎週虎蔵の家にやって来て、母の洋服箪笥の上に位牌と香炉を置いただけのにわかごしらえの仏壇の前に座り、経を唱えていった。若い虎蔵は、それまで神も仏も信じてはいなかった。けれど、坊さんの後ろでなかば強制的に念仏を唱えさせられているうちに、母を喪った痛みがいくらか和らぐことに気がついた。それからは、住職がやって来る日をどこかで心待ちにするようになった。その一週間に一度住職がやって来る時刻の少し前に、早苗はやって来て、経を唱えて、喉を枯らした住職に茶を淹れてくれた。

茶を旨そうに飲みながら、住職がある日、まだ四十九日も明けないうちに、少し不謹慎かもしれないけれどと前置きをして、仏前の結婚式も悪くないぞと言った。何のことかわからず、何気なく隣を見ると、お盆を抱えた早苗が頬を赤くしていた。それで、虎蔵もようやく住職に何を言われたかを理解した。子どもの頃なら、こんなブスと結婚するつもりはないと怒ったかもしれないけれど、虎蔵はもう大人で、そういうことを言う年齢ではなくなっていた。

それに何よりも、頬を染めた早苗を虎蔵は美しいと思った。

その日から、虎蔵は早苗に恋をした。

今も恋している。

「恋なんていつまでも続くもんじゃねえ」

昔、大人たちはよくそう言っていた。

自分も大人になった今は、その意味がよくわかる。

けれど、俺の早苗への気持ちはいつまでも恋のまんまだ。恋が冷める前に、死神が早苗をあっちの世界へ連れていってしまったからだ。

「いつまでも恋ができて良かったじゃないですか」

虎蔵の話を聞いて、ある気障(きざ)な野郎がそう言ったことがある。虎蔵は、そいつを思いきりぶん殴ってやった。恋なんざ、冷めちまった方がいいに決まってる。早苗が今も生きていたら、恋心なんてものはとっくのとうに冷めていたに違いない。今頃は寄ると触ると喧嘩したり、文句の言い合いばっかりしている、そこらの夫婦みたいになっていただろう。浮気だって、俺のことだ、二度や三度はしていたに違いない。それで愛想尽かされて、ほっぺた叩かれたっていい。別れると泣かれたって、いや、それで別れることになったって……。

もし早苗が生きていてくれたなら、それでいいのだ。

恋なんていらない。

朝から晩まで、早苗と喧嘩ばっかりでも、そっちの方がずっと幸せだ。

俺は、早苗がこの世に生きていてさえくれればそれでいい。

けれど、早苗はいない。

世界中を探し回っても、もうあの顔はどこにもない。あの笑い声も、泣き声も、小さな丸い肩も、ずんぐりむっくりの指も。もう見ることも、触ることもできない。早苗はどこにもういない。

俺は早苗に恋い焦がれている。

境内へと続く石段を、一段抜かしで駆け上がっていく清太郎を見上げながら、虎蔵はそのことをまた思い出した。あの泣き虫の早苗、一緒に映画を観ているときも、俺の分まで横取りして涙を流していた早苗に俺は恋をしている。一生涯、死ぬまで……。俺はきっと今わの際も、早苗に恋い焦がれながら死んでいくに違いない。

これは、子どもの頃に一度でも早苗をブスだなんて思った、罰か何かだろうか。

早苗がこの世からいなくなって、誰も俺の代わりに泣いてくれる人がいなくなって、それでこんなに泣くようになったのだ。

早苗は仏壇の写真立ての中で、いつも笑っている。笑うことしかできなくなった。

だから今は、俺が早苗の分も泣いているのだ。

石段を登るにつれてどんどん小さくなっていく清太郎の背中が、わけもなくあふれてきた涙のせいでよく見えなくなった。清太郎は石段を登り切るところだった。虎蔵はまた慌てて手鼻をかむふりをして涙をぬぐった。石段のてっぺんにたどりついた清太郎が、くるりとこっちを向いて一所懸命に手を振っている。

「とうちゃーん」

いつものように虎蔵は、手を大きく振り返してやった。

涙をぬぐったばかりなのに、また涙があふれた。

早苗は清太郎に一度たりともああいう風に元気良く「かあちゃーん」と呼ばれることもなく、ひとりぼっちであの世に旅立ってしまった。

3

朝のうちは雲一つなかったのに、元締めの家を出ると真っ白な雲がもくもくと湧き上がって空の西半分を埋めていた。太陽はまだ出ていたが、じきにあの雲たちが隠してしまうだろう。

思いの外、長い時間を過ごしていた。

元締めというのは、藤次の甥っ子の松岡岳志（まつおかたけし）のことだ。テキ屋の親分というよりは、地方銀行の支店長のような岳志と話すのが虎蔵は苦手だった。

藤次が信用していたくらいだから、悪い人間ではないのはわかっている。けれど、どうも馬が合わなかった。それは岳志も感じているらしく、いつも二人の話は他人行儀で短かった。けれど夏祭りの後、この町を引き上げる前に岳志の家を訪ねて挨拶をする習慣は藤次が生きていた頃から一度も破ったことはない。藤次から岳志に代替わりしたとき、藤次から「それだけは忘れるな」ときつく言われたからだ。

駅前の酒屋で、箱詰めの白砂糖に熨斗（のし）をかけてもらって手土産にするのが、毎年の決まり事だった。今時、白砂糖の贈答品など喜ぶ人間がいるとも思えないのだが、そうしろと藤次に言われた。

床の間のある客間に通され、毎回寸分違わぬ挨拶を交わす。茶托に蓋付きの高価そうな湯呑みから茶を飲み、菓子は喰わずに押し頂いて懐に入れる。その間に、二言三言、岳志から声がかけられる。

「今年もいい塩梅のお天気で」とか「稼ぎはどうでした」とか。

ほぼ決まり切った会話をし、茶を飲み干し、「ご馳走になりました」と頭を下げ辞去する。まるでお殿様への謁見だねと、そのたびごとに虎蔵は呟きたくなるのだが、もちろんそんなことはおくびにも出さない。一年の内でそのときだけは、虎蔵も終始真面目を通す。

今年はその決まり事が破られた。出されたのは茶ではなく、瀬戸物の瓶に入った舶来のウイスキーだった。いったい何事かと最初はかしこまって盃を押し頂いたのだが、小さなクリスタルグラスを満たした薫りのいい酒を酌み交わしているうちに、打ち解け始めた。その頃合いを見計らったように、元締めが話を切り出した。

玉枝の話だった。

人づてに、玉枝が身ごもったことを聞いたと言った。

玉枝と元締めは、世間的に言えば従兄弟の間柄だ。玉枝は藤次が五十歳を過ぎてできた娘で、元締めとは二十歳近くも歳が離れている。特に藤次が亡くなってからは、従兄弟というよりは親代わりのつもりで接してきたと元締めは言った。

「それが、わだしにはいまだになんも言ってこねんです」

父親が誰かもわからない。虎蔵は知らないかという話だった。

虎蔵は正直に、自分もその話は聞いたばかりで驚いているところで、相手について玉枝は何も言ってくれないし、自分としてもまったく心当たりがないと返答した。岳志は、そう答えるだろ

う と思ったという感じで、「ですか」とだけ言うと、あとは別の話になった。

卑しい話だが、そのなんとかいう舶来もののウイスキーがあまりにも旨かったせいでそのときは気にならなかったのだけれど、玉枝の相手が誰か知らないと話す虎蔵の目を、岳志はいつになく強い視線で見つめていた。あれは俺を疑っていたのだということに、虎蔵は西の空に湧き上がった真っ白な入道雲を見上げながらふと思い当たった。

俺の口を滑らせるための、舶来ウイスキーか。

他のことなら、腹を立てていたに違いない。けれど、この件に関してだけは虎蔵は嫌な気がしなかった。それよりも、話をしているうちに岳志が玉枝のことを心から気にかけていることがわかって嬉しかった。

もしも万が一、玉枝の腹の子が虎蔵の子だった場合、筋から言えば打ち明けるべきなのは虎蔵の方からだった。だから、酒を出すなどという回りくどいことをしてまで、虎蔵が自分から打ち明ける隙を作ったのだろう。そして、こちらからその話を切り出す気がないことを見定めて、ゆっくりと話を持ち出した。不躾に、あれはあんたの子か、などと聞かないところが、あの男のいいところだ。そういう気の回し方が、単純で気の荒い男の多いこの世界では、意外と役に立つ。

「さすがはインテリだ」

岳志は地元の大学出だという話を聞いて、密かに心の中でそう呼んでいたのだが、今日はそのインテリという言葉に揶揄の気持ちはこもっていなかった。身近に住んでいる親代わりの従兄弟が気にかけてくれているなら、とりあえず玉枝は大丈夫だろう。

虎蔵が頼まれもしない重荷をようやく降ろせた気分で、機嫌良く口笛を吹きながら清太郎の待つ玉枝の茶屋へと続く神社の石段を登り始めたときだった。

何気なく見上げると、ひとりの男が石段の中ほどに立ち止まっているのに気づいた。

石段の途中で息を切らせて立ち止まる参詣者は珍しくないが、虎蔵が気になったのは、その男がじっと自分の足下を見つめていたからだ。

石段を登っていく参詣者は、途中で休むとき例外なく、あとどれくらいあるのだろうかという視線を石段の上の方へ向ける。そして感嘆の声を上げる。

今日みたいに天気のいい日は、社殿の優美な屋根とその向こうに真っ青な空が見えてなかなかの眺めなのだ。恋園神社の屋根は、わざわざ遠くから見物に来る人がいるくらい美しい。

ところがその男は、崖の底をのぞくみたいに、自分の足下を見つめていた。石段を降りるのではなく、登っているというのに。

虎蔵はその背中が気になって、追い越すときに軽く肩をぶつけた。

「アブねえな」

わざと不機嫌な声を張り上げ、振り向いてギョッとした。男の顔に、表情らしいものが何も浮かんでいなかったからだ。

「こんなとこ突っ立ってたら、危ねえじゃねえか」

大声を出しても、男はぼんやりと虎蔵を見上げるだけだった。

「どうも……」

口の中で呟いて、頭を下げる。その頭のてっぺんが少し薄くなっていた。

その頭で、思い出した。この男は午前中もこのあたりにいた。あのときはこの少し薄くなった頭は、境内の松の木を見上げていた。

妙な寒気が背筋をざわざわと上ってきて、ぶるぶるっと胴が震えた。見事な枝振りに見惚れているのだとあのときは思ったが、もしかするとこの男は、あの枝が自分の体重を支えられるかどうかを見極めていたんじゃなかろうか……。

「おお、気をつけろよ」という虎蔵の声には、相手を気遣う響きが込められていたが、その気遣いを向けられた当人はまったく気づかない様子で、その場でくるりと向きを変え、石段をゆっくり降り始めた。

「別に帰れって言ってるわけじゃ……」

その背中にそこまで言って、虎蔵は後を呑み込んだ。男は何も聞いていなかったし、たとえ聞いていたとしても、俺に何かしてやれるわけでもない。ため息をつき、首を振りながら虎蔵は本殿へと続く階段を登り始めた。

その中ほどの踊り場から、神社裏手にある玉枝の茶屋へ回り込む下りの石段が続いている。そこまで登って石段を見下ろしたが、男の姿はもうどこにもなかった。

蝉の声が、誰もいない石段に降りそそいでいるだけだった。

4

「ごめんね虎蔵さん、ひと雨来そうだね」

茶屋の前の縁台で虎蔵がスポーツ新聞に読み耽っていると、後ろから声がした。両手に買い物袋を提げた玉枝だった。気にして見ると、下腹が少し膨らんでいた。

「これから東京帰るっていうのに、結局留守番させちゃって」

「いいんだよ、そんなことは。東京帰ったって、今日はもう寝るだけなんだから。それより慌てんなよ。慌てると、お腹の子に障るよ」

「平気、平気。安産のためにはね、むしろ運動した方がいいんだって。ちょっと待ってて。ご飯もう炊けてるから、すぐお弁当作るね」

「悪いな」

「いいのいいの。清ちゃんに頼まれたの。帰りの電車で、玉枝ねえちゃんの弁当がどうしても食べたいんだって。あの子、女泣かせになるわよ」

玉枝は買い物袋を縁台に載せると、あたりを見回した。

「支度はもう済んだの？　あれ、清ちゃんは？」

「そこいら辺で遊んでるんじゃねえかな」

「じゃあ、もうちょっと待っててね」

買い物袋を持って茶屋の中に消えた玉枝が、ものの十五分も経たないうちに姿を現した。

両手にハンカチ包みと、子ども用の水筒を抱えていた。

「あれ、もうできちゃったの。相変わらず早いなあ」

「おにぎり握って、ウインナー炒めただけだもん。虎ちゃんの分も作っといたから」

「何を？」

「電車の中のお楽しみ」

「わかったよ」

虎蔵は立ち上がって腰を伸ばし、大声を上げた。

「清太郎！　おーい、清太郎っ！」

耳を澄ませても、返事は聞こえなかった。清太郎は名前を呼ばれると、どこにいても大きな返事をする。返事がないということは、遠くに行ってしまったということだ。

「あいつ、何やってんだ。いつでも出発できるように、父ちゃんの声の聞こえるとこで遊んでろって言ったのに」

「本殿の境内に行ったんじゃないの。あそこ、クワガタの来るクヌギの木があるから」

「ちょっくら見てくるわ」

「すぐ帰ってくるわよ」

ボストンバッグを開け、玉枝に渡された二人分の弁当を詰める虎蔵の背中に玉枝は言った。

「生菓子買ってきたの。今、お茶淹れるから。飲んでけば」

「ああ、いい、いい。いつまで経っても出発できなくなっちまうからよ。今回は、ずいぶん長逗留になっちまったし。今年は秋祭りもあるからさ。また世話になるよ、清太郎と一緒によ。しかしあいつほんとにどこ行っちまったんだ。清太郎……、おーい、清太郎、清太郎っ！」

大声で息子を呼びながら、本殿へと続く石段を大股で登っていく虎蔵を見上げる玉枝の頬に寂しげな微笑が浮かんでいた。

虎蔵の心の中に、早苗が今も棲んでいることを玉枝はよく知っていた。

玉枝は思う。

早苗とは電話で話したことしかなかったけれど、もしもあの世の彼女と話せたら、きっと「虎蔵と清太郎をよろしくお願いします」と言ってくれたに違いない。

根拠はない。ただ、彼女は自分と同じ匂いがした。自分が早苗さんだったら、きっと同じことを言うと思うのだ。

けれど、仮に早苗さんがあの世から電話をかけてきて、虎蔵に私と所帯を持つようにって頼んだとしても、虎蔵は「うん」と言わないだろう。

先週、東京からひとりで電車に乗ってやって来た清太郎の手を引いて、虎蔵に会いに行ったとき、そのことをはっきりと悟った。

虎蔵さんは、私の向こう側に早苗さんを見ている。

時々、私のことをまぶしそうに見ることがあって、それはあの人の私への思いなのだとずっと思っていたが、それは思い過ごしだった。虎蔵は、私のことなど見ていなかった。私を通して、真っ直ぐ早苗さんを見つめていたのだ。

そういう人だからこそ、虎蔵さんが好きなのだけれど――。

虎蔵は一度だって、私のことを女として見たことなどなかった。虎蔵はいつだって、一筋に早苗さんを見つめて生きてきた。彼女が生きていたときも、そしてこの世を去った今も。それを、自分はよく知っていたはずだ。

幼い頃から、母親のような女にだけはなるまいと決めて生きてきた。

悪い人ではない。

ただ、母親は美しかった。

そして、その美しさを鼻にかけていた。美しさこそが、女が幸せに生きる鍵だと信じて生きていた。

玉枝を置いて駆け落ちした母親が、一度だけ手紙を寄こしたことがある。藤次に引き取られていることをどこからか聞いて知ったらしく、宛先は松岡藤次様方となっていた。

「安売りしちゃいけないよ」

手紙にはそう書かれていた。お前は母さんの子だから、きっと美しい娘になる。年頃になればきっとたくさんの男が寄ってくるだろう。そのとき、自分を安売りしちゃいけないよ、と。

便せん一枚だけの、ひらがなの多いその手紙の文面から、母親があまり幸せな人生を送っていないことはなんとなく伝わってきた。

母親は男から愛されるのは得意でも、人を愛することのできない女だった。娘である私を含めて、母親は誰のことも結局は愛していなかった。愛が何かも知らなかったのだろう。それが彼女の人生の虚しさの理由だった。

あの石段で初めて会ったときから、虎蔵のことが好きだった。それは色恋とは無縁の、大人の男性への淡い憧れのようなものだったがゆえに、いつまでも消えることはなかった。

自分は子どもで、大人の虎蔵と結ばれるなどあり得ないと思っていたから、虎蔵が結婚したと聞いても、その気持ちが揺らぐことはなかった。いや、むしろ、あのとき感じた微かな嫉妬心が、虎蔵への想いを、また別の角度から考えさせるきっかけになった。

（自分は虎蔵さんに恋をしているのではないか）

ふとそう思って、ひとり頬を赤らめたこともある。

もちろんそれは、少女が白馬の騎士に憧れる類いの夢想に近いものだったから、その間にも玉枝は幾人かの同じ年頃の男子とつきあってみたりもした。

友だちからは、「あんたは男を見る目がない」と言われた。

チャラチャラした男とばかりつきあっていると言うのだ。

そういう男が好きなわけではなかった。玉枝に声をかけてくるのが軽薄な男ばかりだったからなのだが、それでもそういう男とつきあってしまうのは、実のところ自分が誰のことも本当には好きでなかったからなのだと、後になって気づいた。

ただひとりの例外が虎蔵だった。

それは実るはずのない恋だと思い込んでいた。

だから、あんな酷い目に遭ったのだ。

自分は結局、母親と同じ生き方をしていたのだ。

玉枝は小さなため息をつきながら、日に日にせり出してくるお腹を見下ろした。

あの日のことを思い出すと、吐き気がした。

(やっぱり堕ろしてしまおうか)

何度そのことを考えたかわからない。

けれど、今は自分がもう絶対にそうしないこともわかっていた。

悩みに悩んで、産むと決めたその日、玉枝はお腹の中の子どもに初めて話しかけた。

そして、悟った。

この子を、守ってやれるのは自分だけだ。

そう気づいて、ようやく母親の呪縛が解けた気がした。

あの日から、ずっと二人で生きてきた。

虎蔵さんなら、きっと私たち二人を守ってくれる。

だからこそ、私はあの人にだけは甘えることができない。

「ごめんね、虎蔵さん」

虎蔵が縁台の上に無造作に置いたスポーツ新聞をたたんで胸に抱きながら、玉枝は小さく呟いた。それから、茶屋の中に消えた。

その一部始終を、植え込みの陰からのぞき見していた男がいる。

車海老貫一である。

年の頃は、三十代半ば。身長は低い、一五〇センチを少し超えるくらいだろうか。日に焼けた彫りの深い顔に無精ひげがやたらと似合っていて、俳優と言っても通りそうなのだが、首から下が無残だった。

泥で煮染めたようなワイシャツに、穴の空いたズボン、ゴム草履をはいた足の爪は変形しどす黒い垢が詰まっていた。頬がひどくこけているところを見ると、ここ何週間か、あるいは何ヶ月か、まともな食事にありついていないらしい。長く伸びた髪の毛を、紐らしきもので縛っている。

そして今は、じっと縁台の下の、年季の入ったボストンバッグを見つめていた。

持ち主らしい男は、どこかへ行ってしまった。茶屋の娘は何やら物思いに耽っているらしく、スポーツ新聞を大切そうに抱えて店の奥に引っ込んでしまった。

今や、ボストンバッグだけが縁台の下に取り残されていた。

「かわいそうに……」

貫一は頭の中で思ったことを、思わず声に出して呟いた。

独り言は、このところ下手するとひと月に一度も誰とも喋らず過ごしている貫一の癖だ。

ひとりぼっちの古ぼけたカバン。俺と同じだ。

「豚革かな？」

新品のときは明るい黄土色だったに違いないそのボストンバッグは、長年使い込まれて、今は深い飴色に変色している。カバンのあちこちに貼られた薄汚れたステッカーの一枚が剥がれたらしく、そこだけが新品のときの地色を見せていた。

新聞を読んでいた持ち主はこれから旅に出かけるらしい。茶屋の娘は、歳の離れた恋女房かあるいは若い恋人か。とにかく、男の世話を焼いているようだ。旅に出るからには、靴下とか、下着とか、あるいはズボンとか、そういうものを甲斐甲斐しくあのカバンの中に詰めたのではなかろうか。カバンのくたびれ具合を考えれば、新品が入っているとも思えないけれど、なに洗いざらしで充分だ。それがあればこの俺だって……。

「ゴクリ」と、喉が鳴った。

ポケットの中の小銭を握りしめる。先週末はこの町の夏祭りだった。裏路地の自動販売機の下や、屋台の下を探って拾い集めた小銭が一八七〇円ある。銭湯に入ってここ半年間の垢を洗い落とし、その洗いざらしのズボンとシャツに着替えれば、駅の反対側の南口食堂で冷たい生ビールにありつけるはずだ。

南口食堂のジョッキは冷凍庫で「もう、キンッキンに」凍らせてあるらしい。

道路工事の現場で働く作業員が日陰で昼飯を食べながら話しているのを、先週初めてこの町に流れ着いたときに聞いたのだ。

ジョッキを凍らせると、解けた水分がわずかではあるがビールの味を薄める。ビールを味わうという点では、あまり正しい作法ではない。高級料亭ではそんなことはしない。

けれど、夏のこの暑い時期の、ああいう食堂や居酒屋では、それが正しい作法だ。夏のビールの価値は、味や香りより、あの冷たさだ。冷たい把手を握り、ごくごくと飲み下すと脳天が冷えて、キーンと鳴る。あの、キーンをもう長いこと味わっていない。

まず一杯目はジョッキでごくごくと喉を鳴らし、二杯目は瓶ビールに切り替える。今度は小ぶりのビールグラスに少しずつ注いで、ビールそのものの味を味わう。

あの店は、ビールや酒一本に、つまみの小鉢がタダでつく。しかもその小鉢がなかなか旨いのだそうだ。作業員が嬉しそうに大声でその話をするのを聞いて、ピンときた。

南口食堂は、百軒二百軒に一軒あるかないかのアタリの店に違いない。訪れた誰もが幸せになる店。料理の値段が安いか高いかは関係ない。高級な料理屋であろうが場末の安食堂だろうが、ごく稀にそういう店があるのだ。

夏祭りがあるという話を聞いて、ふらふらと引き寄せられるようにこの町にやって来て良かった。それがこの一八七〇円で存分に味わえるのだ。

「瓶ビールのあとは、日本酒やな」

あの店の裏をのぞきに行ったら、白隼の空き瓶が積まれていた。酒は白隼の純米一種類しか置いていないらしい。申し分なかった。

いやしかし、一合の酒はあっという間に飲んでしまうだろう。やはりここはビールで通すか。ビールなら、腹もくちくなるし、小鉢のつまみだけで充分だから、四本は飲めるのではないか。

ふたたびポケットの中で、小銭を握りしめる。一八七〇円。

また、喉がゴクリと鳴った。

腹も減っていたが、今は何よりもビールだ。

……。

情けないのはわかっている……。

いったい俺は、こんなところで何をやっているんだろう。

5

車海老貫一が生まれ故郷の料理屋をクビになったのは、六年前のことだ。

親方との大喧嘩が原因だったせいで、町にはいられなくなった。五年半はあちこちの町を放浪し、料理屋で下働きの仕事を探して喰っていたが、そのうち根気が続かなくなった。

酒と奢った口のせいだ。

貫一の父親は町一番の料亭、海老屋の主だった。

母親はその囲われ者だった。まだ半玉（はんぎょく）のうちに父に手折（たお）られて、瀟洒な一軒家とお守りの婆やをあてがわれ、水仕事もせずに日々を暮らしていた。貫一が生まれると、父親は乳母を雇ったという話だから、まるで昔の大名の側室のような暮らしだった。

父には年上の正妻がいたが、長い間子どもができなかった。貫一は妾の子とはいえ、父親である車海老善蔵（ぜんぞう）の跡継ぎとして、周囲からも「坊ちゃん」「坊ちゃん」と甘やかされて育った。正妻までもが貫一を可愛がった。本宅に置いたら窮屈だろうと、妾宅に実の母と暮らしていたが、いずれは嫡子として正式に認められるだろうと誰もが思っていた。

父が母のところにやって来るときは、いつも料亭の花板がこしらえた酒肴が、前もって届けられた。父は恰幅が良く、旨いもの好きだったが、いつも食事のことを気にしていた。

後で聞いたことだが、軽い糖尿病と痛風を患っていたらしい。母親は元来が小食だった。そういうわけで、贅沢な酒肴の大半が父の胡座の中に抱え込まれた貫一の腹に入った。

「目の中に入れても痛くない」の見本のような子煩悩の父親で、貫一は猫可愛がりされた。

妾宅に通うのは若い妻に会うより、息子と遊ぶためだというのが周囲の大方の見方だった。正妻が妾宅通いにあまり目くじらを立てなかったのは、そのせいもあったかもしれない。

おかげで物心つく前から、貫一は目の下一尺の鳴門の鯛や、九州から送られてくる天然のトラフグやアラの刺身を食べていた。母親は料理を一切しなかったけれど、貫一は料理の味に人一倍うるさい息子に育った。

周りの人間が想像していたように、貫一が善蔵の跡継ぎになるのなら、それは正しい英才教育だったに違いない。

けれど、人生はいつも人の想像を裏切る。

歯車が狂い始めた最初は、父親の自動車事故死だった。

五十代で、多少の持病があったとはいえまだまだ壮健だった父は、後継者のことを具体的に考えていなかった。貫一には大学を卒業させた後に、父の跡を継ぐ意志があるかどうかを確かめ、その気があるなら正式に嫡子に据えて家督を譲るというのが、父親が親しい友人に語っていた「将来設計」だったらしいのだけれど、正式な遺言は何一つ残されていなかった。

父親の遺産は、料亭だけではなかった。膨大な不動産も所有していた。

お定まりのことが起きた。

相続争いだ。

この時代、内縁の妻は遺言状でもない限り、相続争いでは圧倒的に不利だった。温厚な正妻は、ずいぶん二人の盾になってくれたらしいが、結局は数百万円という、父の遺産総額からすればほんの端金で、貫一と母親は追い出されることになった。貫一が生まれてからずっと暮らしていた妾宅までもが、取り上げられた。

二人は市営アパートに引っ越し、芸者見習いしかしたことのなかった母親は、その頃町に出現し始めていた主婦の店、スーパーマーケットへ働きに出た。学校の勉強が嫌いで、かけ算の九九も怪しいという母親は、ずいぶん苦労したようだ。

それでも正妻が元気だった何年間かは、こっそり仕送りが届けられていたらしく、なんとか人並みの生活ができていたのだ。しかし、その正妻が病に倒れ、東京の大学病院に入院してしまってからは、経済的な面で助けてくれる人は誰もいなくなった。

それは貫一が中学を卒業する年だった。

県立高校を落ちて、私立高校しか選択の余地がなかった貫一はあっさり高校進学を諦めた。

「母さん、僕勉強嫌いや。高校は堪忍して」

勉強嫌いは本心だったが、高校に行きたくないというのは痩せ我慢だった。

母親はその痩せ我慢に、涙を浮かべて頷いた。

そして貫一は、父親の料亭で下働きを始めた。

遺産相続で揉めに揉めて、海老屋は人手に渡ったが、従業員の多くは父の時代から勤めていた人たちで、貫一の身の上にはひとかたならぬ同情を寄せていたのだ。直接誘ってくれたのは、父の酒肴をいつも妾宅に届けてくれていた見習いだった。

岸本(きしもと)というその見習いが、海老屋自慢の花板、料理長に育っていた。

「ボンはこんなにちっさい頃から、舌が肥えてましたさかい。しっかり修業したら、ええ料理人になれますよ」

岸本はそう請け合ってくれた。

その店を四年で辞めることになったのは、表向きは岸本が他の店に引き抜かれて去ったからだが、本当は自分が料理人に向いていなかったのだと貫一は思う。

経営者がまた変わって、店の方針が大きく転換したとき、岸本は以前から誘われていた京都の小料理屋の雇われ店主になることを決めた。岸本はそのときも、貫一を誘ってはくれたが、最初のときとは熱意が明らかに違っていた。

「母さんをひとりにはできないから」と断ったとき、岸本がどこかほっとしたような様子を見せたことを貫一は見逃さなかった。

舌は肥えていたが、実際に板場の下働きを始めてみると、貫一は不器用で使えなかった。いや、ただ不器用なだけなら、一所懸命修業すればそれなりの料理人にはなれたかもしれない。貫一が料理人に向いていないのは、端的に言えば、怠け者だったからだ。基本的には正直な人間なのだが、貫一は生来の怠け者だった。

最初のうちはいいのだ。

張り切って仕事に取り組んでいるうちは朝早起きして、先輩たちが来る前に、出社時刻の一時間前にはきちんと板場に出てくる。ところが、職場に慣れて、緊張感が薄れてくると、途端に遅刻の回数が増え始める。風邪を引いたとか、お腹の調子が悪いとか、理由をつけては、頻繁に仕事を休むようになる。岸本がどれだけきつく叱っても、この怠け癖は直らなかった。叱られた最初のうちは、ピリッとして真面目に働くのだが、涙を流して反省しても、一週間も経つとまた元に戻ってしまう。

「俺がいなくなったら、もうあんたをかばえる人間はいなくなる」

岸本ははっきりとそう言った。

「もし俺についてこないなら、店を変わった方がいい。今まで自分に守られていた分だけ、新しい板前が来たら風当たりが強くなるはずだ。あんたはその風当たりに耐えられないだろう」

貫一が黙って俯いていると、昔の呼び名に戻り、慰めるように岸本は言った。

「ボンが私らの旦那だったら、上手くいったんでしょうけどね」

それは、あながち嘘ではなかった。岸本は本心から言っていた。

少なくとも貫一の舌が肥えているのは、本当だった。

昆布や鰹節の仕入れ先を変えるとき、岸本は貫一に味見をさせた。自分が味を見るより、貫一の舌の方が確かだったからだ。酒の選択も、貫一に任せきりになっていた。

品物の買い入れだけをしていれば給料がもらえるような大きな店なら、きっと貫一でも勤まるに違いない。いや、やはりそれは無理だろう。その地位に達するまで、貫一が真面目に勤められるわけがなかった。もし貫一が最初から社長だったら、きっと自分たちは上手くやれたと岸本は思った。味がわかるだけでなく、貫一には人の心の機微に敏感なところがあったからだ。

岸本は根っからの料理人でカチカチの堅物だったから、業者からバックマージンを取るようなことはしなかったし、店の者にもそれを許さなかった。けれど、業者の中には、なんとか商売を取りたくて、様々な手で店の者たちに近づいてくる人間がいる。そして、自らその甘い罠にはまりたがる者もいる。そういう人間の匂いを、貫一は敏感にかぎ分けた。

仕事の片腕として使うなら、ある種の才能を発揮する男なのだ。

岸本が貫一をかばい続けたのは、昔のよしみというだけでなく、どこかにこの若者の収まる場所があるような気がしたからでもある。

ただ、自分たちの暮らしているこの世界に、それは見つからなかった。

岸本がほっとした表情を浮かべたとき、貫一ははっきりそう告げられたのだと悟った。つまり自分の転落は、父親が事故で死んだときに決まっていたのだ。

海老屋を辞めた貫一は、岸本の兄貴分が板前の親方を務める地元の料理屋に入った。腕は悪くなかったが、いい意味でも悪い意味でも昔ながらの板前だった。つまり天が与えた料理の腕を、客のためではなく、自分のために使って当たり前と思う種類の料理人だった。それが板前の仕事の一部だと信じていた節すらある。

業者から袖の下を取り、材料を平気で誤魔化した。味のわかる客にはきちんとした材料を使ったが、そうでない客、ことに酔っ払いには見せかけだけの適当な料理を出した。浮いた分は着服した。目と腕がしっかりしていたから、誰にも文句は言われなかった。

「箸もつけねえ酔っ払いのお造りに、まともな魚使ったら魚に申し訳ねえじゃねえか。あいつらにゃ、冷凍もんで充分だ」

親方はよくそう言っていた。

貫一は見ないふりをして過ごした。だいたい遅刻とサボりの常習犯の見習いでは、親方に何か文句が言えるわけもなかった。貫一でも店が勤まったのは、この親方のおかげとも言える。不正が常習化している親方は、身内でない新入りを嫌った。貫一は自分の兄弟弟子の岸本の紹介だから、最初から信用していた。

あるとき、貫一はその親方と大喧嘩をした。

それはよりによって、店のオーナーが代議士をもてなしていたときに起きた。

オーナーのために、特に仕入れておいた青森産の生の本マグロのサクと輸入の冷凍ものの南マグロのサクを貫一が取り違えて出してしまったのだ。刺身を切ったのは親方だが、最初親方は気づかなかった。南マグロとはいえ、見事な魚だった。

もちろん代議士の客も、オーナーも気づかなかった。

「さすが大間のマグロやな」

二人とも、大喜びで食べた。

事件は、その客がおかわりをしたときに起きた。

高価なマグロは刺身を引いたら、残りのサクはすぐに晒しに巻いて冷蔵庫にしまう。おかわりのために冷蔵庫からサクをふたたび取り出そうとしたとき、貫一が間違いに気づいた。さっきのマグロはインド洋で獲れた南マグロだった。

誰も気がつかなかったからいいようなものの、ばれたら大変な騒ぎになる。なにしろ品書きには、国産本マグロと書いてあるのだ。

一瞬どうしようかと迷ったが、貫一は今度は本物の大間のマグロのサクを出した。刺身を引きながら、さすがに親方は気づいたが、何も言わなかった。オーナーも客も、親方の正面の席で見事な包丁さばきをうっとりと眺めていた。何も言えるわけがなかった。

「このマグロ……、さっきのと味が違いまんな」

そう言い出したのは、食通気取りの代議士だった。血の味がする、というのだ。それこそが大間産の本マグロの赤身の味なのだが、代議士は知らなかった。

そういうときの親方の立ち回りの巧さは、天下一品だった。

マグロのサクから薄い一切れを引いて匂いをかぎ、ゆっくり口に入れて味わい、それから顔を真っ赤にして怒り出した。

「貫一、なんやこれは」

貫一は親方の大きなげんこつで、頭を思いきり殴られた。

「これは魚弦がサンプルに持ってきた南マグロやないか。味見して、残りは明日の賄いに使え言うてたのに、なんでそれを、こっちの冷蔵庫に入れとんねや」

「まあ、そんなに怒らんでも」

客が気をつかってなだめるほどの剣幕だった。

「いえ、本当に申し訳ありません。ぼおっと突っ立っとらんで、お前も謝れ」

親方はさらに右手で貫一の頭を押さえた。その拍子に、貫一はステンレス製の洗い場の角にしたたか鼻頭をぶつけた。鼻の奥で鉄の味がした。

頭を上げると、鼻から熱い液体が垂れた。鼻血が吹き出して、口の中にもあふれた。そのしょっぱい液体をごくりと飲み込んだとき、貫一の頭の中で何かが弾け、頭の中が真っ白になった。

気がつくと、下働きの後輩二人に羽交い締めにされていた。器がいくつか割れ、親方の額から血が流れていた。そして貫一は右手に刺身包丁を握りしめていた。

古伊万里の大皿で親方の額を割っただけではなく、親方が業者から袖の下を取っていることから、食材を誤魔化したり、横流しをしたりして利益を得ていたことまで、支離滅裂だったが、聞く者が聞けば何もかもはっきりわかるだけのことを、貫一はまくしたてていたらしい。

その場で親方からクビを宣告された。

「明日の朝までに荷物をまとめて寮から出ていけば、警察沙汰だけは勘弁してやる」と、親方は言った。警察沙汰にしたら、困るのは親方の方かもしれない。

貫一はこの店に勤めたときから、母親と暮らしていたアパートを出て店の寮に入っていた。岸本には「母親を置いて京都には行けない」と言ったけれど、本当はそのとき母親には結婚話が持ち上がっていた。スーパーのレジ係を辞め、知り合いのスナックの手伝いを始めた母親が、店の常連で地元の建設会社の男やもめの社長に結婚を申し込まれていたのだ。

貫一は一も二もなく結婚に賛成した。

ずっと母親は苦労していた、そろそろ幸せになってもいいだろうと思った。

自分が幸せにしてやるつもりだったが、板場での自分の評価を考えると、それは難しそうだった。それに母親が結婚すれば、自分はひとり暮らしということになる。年頃の男にとって、ひとり暮らしは魅力だった。それで海老屋から岸本の紹介してくれた割烹料理屋に勤めを変えるとき、店の寮を選んだのだ。

母親はめでたく社長と結婚した。

社長には、成人して独立した長男を筆頭に小学六年生まで五人も子どもがいた。店を追い出されたからといって、貫一が母親の新しい家に行くことはできなかった。

住み込みで働ける店を探したが、どこからも断られた。手が足りないから助けてくれと言われていた店からも断られた。親方から貫一を雇わぬよう回状が回されたという話を、海老屋に勤めていた頃の仲間から聞かされた。岸本に相談してみようかとも思ったが、親方が岸本に連絡していないはずはないと思うと、それもためらわれた。

そこから放浪の人生が始まった。

高松、広島、神戸、名古屋、浜松、大宮……。

世の中の景気は良くなっていたし、料理屋の下働きの口はどの町でも見つかった。けれど、どこも長続きはしなかった。働き口には事欠かなかったとはいえ、流れ者の貫一をすぐに雇ってくれるような店はだいたいロクな店ではなかった。そうなって初めてわかったのは、父親が経営していた海老屋が、極めて質の高い店だったということだ。

父親の店に比べれば、貫一を雇ってくれた店はどこも半端な店だった。まず使っている食材が良くない。料理人の腕もたいしたことはなかった。

不器用で怠け者で、料理の腕もからっきしなくせに、そういうところだけはよく見えてしまう貫一は、どこの店でもすぐに鼻つまみ者になった。一つの店に半年続けばいい方だった。新しい店に変わるたびに、店のレベルは下がった。

気がつけば、路上生活者と変わらない暮らしに落ちていた。

「そして今日、俺はその路上生活者からも転落する」と、貫一は思った。

夕暮れの迫る神社の境内に、ヒグラシの鳴き声だけが響いていた。薪の燃える匂いがした。どこかの家で、風呂を焚き始めたのだろう。

あのボストンバッグの中身を漁って、清潔なシャツとズボンを失敬すれば――。

俺も、とうとう泥棒の仲間入りだ。そんなことをして新聞にでも載ったら、母親はどんなに悲しむことか。血を分けた息子が泥棒ということになったら、今の家で肩身の狭い思いをすることになるんじゃないか。

そうは思っても、喉の渇きが止まらなかった。

公園の手洗い場の、カルキ臭の強い生ぬるい水で喉の渇きを癒やしてきたが、もう嫌だった。死んでもいいから、この金は全部ビールに使っちまう。そのためには、清潔なシャツとズボンがどうしても必要だった。

それに、シャツやズボンを盗んだくらいで、新聞に載るだろうか。

いや、そもそも。泥棒は言いすぎじゃないか。あのカバンは今、誰のものでもない。ただの落とし物ではないか。落とし物を拾ったら、中身を確かめて、警察に届けるのが正しい作法だと誰かに聞いたことがある。

とりあえず、中に何が入っているか。それだけを確かめてみるのも悪くない。シャツもズボンも入っていないかもしれない。そしたら、俺は黙ってカバンを警察に届けることにする。そうすれば、拾い主の俺は謝礼をもらえるはずだ。中に何が入っているかわからないけれど、確か謝礼は一割ではなかったか。ことによると、あんなおんぼろカバンでも、何か高価なものが入っているかもしれないではないか。もしそうなら、俺は泥棒にならずに、ただ落とし物を拾って届けた親切な人間として、謝礼をもらえるやないか。

「そうや、それでいこう」

とりあえず、中身を確かめよう。

みたび、「ゴクリ」と、喉が鳴った。

ゴム草履を脱いで裸足になり、ポケットの中の小銭を握りしめ、音を立てないようにして、貫一は少しずつ縁台に近づいていった。

それは、どう見ても泥棒の姿だったが、貫一にはそんなおのれの姿は見えない。茶屋の入り口と、石段の上下に抜かりなく目を配り、ゆっくりとカバンに忍び寄った。

誰もやって来る気配はなかった。

どうしよう。あのカバンをひっつかんで、とにかくこの場から逃げ去ろうか。

しかし、ここは神社の中だ。いずれにしても境内を出なければならないが、その前に、あの持ち主の男に出くわさないとも限らない。

それより予定通り神社の参拝客である俺がたまたまカバンを見つけ、ここの神社か警察に届ける前に中身を確かめているという体を装った方がいい。万一、男が戻ってきたら、「ああこれはあなたのでしたか」とでも、言い逃れよう。

そう決めると気持ちが落ち着いた。忍び足はやめ、すたすたと縁台の下のボストンバッグに歩み寄る。縁台に上げて蓋を開ける。想像通り、旅の道具が入っていた。下着にシャツ、ズボン。よし、これなら懐に入れれば、気づかれずに持ち去れる。金目のものはなさそうだ。警察に届けて謝礼をもらうという話はなしだ。おや、これは何だ。

それは、二つのハンカチ包みだった。大きいのと、小さいのがある。大きい方のハンカチをほどくと、アルマイトの弁当箱だった。蓋を開けるとまだ湯気を立てている大きなおにぎりが四つに、卵焼きとタコの形に切ったウインナーがぎゅうぎゅう詰めになっていた。

「うわっ、熱々の米や」

ほとんど残飯漁りのような生活を続けていたので、貫一はもう何ヶ月も炊きたての米の匂いを嗅いでいなかった。この世でいちばん好きな匂いだった。

思わず匂いの源にかぶりついて、げほげほとむせた。

喉が渇いていたことを忘れていた。

胸を叩いて、何か飲むものはないかと見回すと、縁台の上に、まるで手品のように子ども用の水筒があった。カバンにばかり気を取られ、そこにあるのに見えていなかった。

蓋を開け、直接口をつけると冷たい麦茶だった。カランカランと氷の音がした。

「あかん、ごっつ旨い」

そこからは、無我夢中だった。

おにぎりの具は、梅干し、次がちりめん山椒……。三個目の塩鮭のおにぎりをむさぼっていると、窓の開く音がした。茶屋の二階の窓だ。

「虎蔵さーん」

若い女の声だった。さっきの腹の大きな娘だ。

貫一は、間一髪で茶屋の軒先に飛び込んだ。二階からは軒が邪魔で見えないはずだ。咄嗟に蓋は閉めたが、ボストンバッグは縁台の上だ。不審に思うだろうか。

「虎蔵さーん」

軒下で貫一が身を固めていると、しばらくして女の呟く声が聞こえた。

「あれ、もう行ったのかな？」

それから、窓の閉まる音が聞こえた。

貫一は二階の様子を窺いながら慌てて縁台に戻り、もう一度カバンの蓋を開け、シャツとズボンを懐にしまい込み、カバンの蓋を閉じ、縁台の下に戻した。

そのまま立ち去れば良かった。

そのまま立ち去っていれば、ただ車海老貫一という珍しい名前を持った男が、雨宮虎蔵というテキ屋の男のボストンバッグから、洗いざらしのシャツとズボン、そしておにぎり三個とタコのウインナーを一つ盗んだというだけで、この話は終わっていたはずだ。

いや、そう考えれば、立ち去らなくて良かったのだ。車海老貫一にとっては。いやいや、さらに後々のことを考えれば、もっと多くの他の人々にとっても。

これだから人生はわからない。

わからないのだが、この時点においては、車海老は誤った行動を取った。

その場を離れようとした瞬間、縁台の上を振り返ってしまったのだ。

蓋の開いた弁当箱に、おにぎりが一個残されていた。梅と、ちりめん山椒と、鮭はすでに食べた。さて残り一つの具は何だろう。ふとそう思ってしまったのだ。

三つのおにぎりは、自分が極めて空腹だということを勘定に入れなくても、ごっつい旨かった。四つ目のおにぎりの具は、いったい何が入っているのか。そう考えたら、どうにもたまらなくなった。

きびすを返し、おにぎりに手を伸ばし、がぶりとかぶりついた。

「おお、焼きたらこや……」

香ばしく焼けたたらこと、海苔と米の調和が絶妙だった。貫一はその瞬間、自分の置かれている立場を忘れ、水筒に手を伸ばした。この絶妙のコンビネーションを完璧なものにするのは、この冷たい麦茶の他にはない。

ゴクゴクゴク。

薫りのいい冷えた麦茶が、たらこと米粒と海苔を包み込んで胃に落ちていった。

「う、旨い」

思わずそう呟いたとき、後ろに気配を感じた。

振り返ると、男が呆然とした顔でこちらを見ていた。いや、正確には、こっちではなく、男が見つめていたのは、貫一が握りしめた子ども用の水筒だった。

「あ、それ……」

男の口がそう言った。それから男の視線は、縁台の上の弁当へと移動した。

「何してんだ、お前……」

無駄なあがきとわかりつつも、証拠隠滅をはかるべく、貫一は右手のおにぎりを口の中に押し込んだ。

「げ、げほ」

緊張で喉がからからに渇いているのも忘れ、無理矢理飲み込んだものだから、喉の奥に米のかたまりが詰まって、息ができなくなった。

「げほげほげほ」

たまらず、貫一が水筒に口をつけると、虎蔵が目を丸くした。

「おい、お前。何してんだよ。それ、清太郎の水筒じゃねえか」

「げっ、げほげほ」

「あ！　あ！　なんだその弁当箱。お前、こら、人のもの勝手に喰ってんじゃねえ」

思わず後ずさりをして貫一は、ボストンバッグに足をひっかけた。

そこからは、まるでドリフターズのコントだった。カバンが勢いよく飛んで、蓋が開き、中身がそこら中にばらまかれ、貫一はバランスを崩して転び、懐に隠した虎蔵のシャツやズボンが放り出され、ポケットの小銭が盛大にばらまかれた。

「なんだよそれ、全部俺んじゃねえか。こんの野郎ぉ」

虎蔵が地面に倒れた貫一の胸ぐらをつかんで、引きずり起こし、三発殴ったところに声がかかった。

「ちょっと、ちょっと。どうしたの？」

茶屋から玉枝が顔を出していた。

「どうしたもこうしたもねえよ。このオッサンがカバンを漁って、せっかく玉ちゃんが作ってくれた俺のにぎりめし全部喰っちまった。それからこれも取ろうとしてた。泥棒だよ、こいつ」

拾い上げたシャツとズボンを玉枝に見せて、虎蔵は言った。

「違うわい。このカバン、ここに落ちてたんや。そやからわいは警察に届けようとしてたんや。落とし物の中身を確かめて届けるのが、正しい作法なんや。そんなことも知らんのか」

「確かめた中身がどうしてお前の懐に入ってんだよ。見え透いた嘘つくな。それになんだ、この小銭は」

「ひ、拾ったもんや」

「ああっ！　もしかして、あんた賽銭泥棒？」

玉枝が貫一の周りに散らばった十円玉と百円玉に目をやりながら言った。

「え？」

貫一がきょとんとした顔になった。

「賽銭泥棒だぁ？」

虎蔵が貫一を睨んだ。

「虎蔵さん、聞かなかった？　今年になって何度も賽銭箱が壊されてるの」

「なるほど、それでこの小銭か」

「わし、ちゃいまっせ」

滅相もないと、貫一が自分の顔の前で小さく手を振った。

「じゃあなんでこんなに小銭持ってるんだ」

「だから拾いましたんや。祭りの後はいろんなとこに小銭落としてくんです。裏路地とか、自動販売機や電話ボックスの下とか……」

「賽銭箱は？　壊してないのか？」

「そんなことしてませんて。下は探りましたけど」

「賽銭箱の？」

「はい」

「じゃあ、賽銭泥棒と同じことじゃねえか。ありゃあな、神様に捧げて投げた金が、落っこちてそこに入り込んだの。賽銭箱の下の金も賽銭なの」

「でも、盗ってません」

「嘘つくな」

「ついてまへん」

「じゃあ、俺のボストンバッグは？　開けてねえのか」

「……」

貫一は肩を落とした。

「ほら、みろ。やっぱり泥棒じゃねえか」

「……」

貫一は真一文字に口を結んで、じっと地面を見つめていた。

「泣いてるよ、この人」

その顔を横からのぞき込むようにして、玉枝が言った。

「ほんとに情けねえな、いい歳こいてよ……」

言葉とは裏腹に、虎蔵の声は和らいでいた。

「おっさん、事情はいろいろあるんだろうけどよ。神社って言ったら、神様の懐ん中みてえなもんだよ。そこであんた、こんなことしてちゃ、いい死に方できねえって」

貫一は、本当に賽銭泥棒はしていなかった。

賽銭箱の下をさぐりはしたけれど、それは祭りの終わった昨日の夜中のことで、少なくとも貫一の手の届く範囲に金は一円も落ちていなかったのだ。

しかし、賽銭箱の下に手をつっこんだのは事実で、そこまでやったらもうこの男の言う通り賽銭泥棒をしたのと同じことだ。三十も半ばを過ぎたというのに、俺はいったい何をやってるんだと思ったら、また涙があふれてきた。

その涙を見て、虎蔵はため息をついた。

「しょうがねえなあ、おっさん。もし、もしもだよ、今日この場で改心するっていうならこのまま見逃してやるよ。もう二度と、こんなことするな。な、頼むから。約束したら……、そうだ、この卵焼きとタコのウインナーも喰っていいから」

「ちょっと、虎蔵さん……」

「おっさんが犯人か」

「……」

「犯人なんだろ」

貫一は、こくりと頷いた。

「あい」

「関西のお人かい?」

「あい」

「名前は？　なんて言うんだい」

「……」

「心配しなくても警察に言ったりはしねえから。ただし、今後なんかあったらこの、ここの玉枝さんがあんたが犯人だって通報するから。名前だけは教えときな」

虎蔵が諭すようにそう言うと、貫一が顔を上げた。

「笑いませんか?」

「ん?」

「名前聞いても、笑いませんか?」

「笑う？　なんで俺があんたの名前聞いて笑わなきゃいけないんだ。笑うわけないだろ。笑わねえから言ってみな」

「……く、車」

「え?」

「車海老」

「クルマエビ？」

虎蔵と玉枝がほぼ同時に聞き返すと、貫一は観念したように大きな声で答えた。

「はい車海老、車海老貫一いいまんねん」

「車海老……。それがあなたの名字なの」

笑みを浮かべて尋ねる玉枝の隣で、虎蔵が腹を押さえていた。

「笑わん、言うたやないですか」

「そんなことないよ、車海老！」

「ほんまにもう勘弁してください。もう悪いことはせえへんし、改心します。この通りです」

「名前、呼んでるだけだろうが。車海老。しかし、クルマエビって……」

「兄さん、絶対バカにしてるでしょう。俺をバカにするのはええけど、親から受け継いだ名前をバカにするのはやめてください」

「あれ、泥棒が急にまともなこと喋り始めたぞ」

「虎蔵さん……」

玉枝が眉間にしわを寄せ、首を振った。もうからかうのはやめてあげてという顔だった。

「そうだな。悪かった。謝る」

虎蔵が頭を下げた。

「いや、そんな。わかってもろたらそれでええんです」

「車海老貫一さんよ、あんた、育ちは悪くねえな」

「いや、それほどでも……」

「育ちは悪くねえが、怠けもんだろう」

「え？」

貫一はぎくりとした顔になった。

「図星らしいな」

玉枝がどうしてわかるのという顔をした。

「育ちが良いのに、身を持ち崩してる奴ってのは、たいがい怠け者なんだよ。しかし困ったもんだな。どうしたもんか」

虎蔵は腕組みをして考え込んでしまった。

蝉の声がいつの間にかやんでいた。遠くで雷の音がした。

「やだ、夕立来るんじゃない」

「ほんとだ。そうだ、俺はこんなことしてられないんだ」

「あれ、そう言えば清ちゃんは？」

「駅に行ったって」

「え？」

「いや、境内まで探しに行ったら、あいつと同じ年頃のガキが何人か遊んでたから、清太郎のこと知らねえかって聞いたら、女の人送って駅まで行ったたって」

「女の人？」

「ああ。玉ちゃんの言ってたように、みんなでクヌギの木に登ってクワガタ探してたら、若い女の人が通りかかって、駅までの道聞かれたんだとよ。そしたら清太郎の奴が、『ボク、これからエキ行くとこなんです』って道案内してったんだって。『父さんが来たら、エキで先に待ってますって伝えておいて』って言ってたてんだから、あの女好きは誰の遺伝だろうね。へっ、なーにが父さんだよ。オツに澄ましやがってさ。父ちゃんとしか言ったことねえのによ」

「あははは、何言ってるの、虎ちゃんの遺伝に決まってるでしょう」

「そうかな」

「あの……」

散らばった小銭を集めていた貫一が、おずおずと声をかけた。

「おう、なんだい」

「あの、もう行ってもいいでしょうか」

「ああ、いいよ。だけど、約束忘れんなよ」

「はい」

「車海老貫一。名前憶えたからな」

「はい。ほな」

頭を下げて去ろうとした貫一の背中に、虎蔵は声をかけた。

「あ、ちょっと待った。ほら、これも持ってきな」

貫一が持ち去ろうとした、ズボンとシャツだった。

「お古で悪いけどよ」

「いや、でも……」

「いいよ。欲しかったんだろ。その格好じゃ、飯屋にも入れないもんな。悪かったよ、賽銭泥棒なんて疑って。あの涙でわかったよ。あれは、悔し涙だろ。あんたはやってねえ。その小銭は拾ったもんだ。賽銭なら、五円玉とか一円玉も混ざってなきゃおかしいが、十円玉と百円玉だけだったもんな。自動販売機の下、さらったんだろ？　俺の、カバンを漁ったのは、ほんのでき心だよな。わかるよ。許してやっから、もう二度とすんなよ」

「す、すんまへん」

「いいよ。いいから、もう泣くな」

「あの、お名前を伺っていいですか」

「俺か、俺は、雨宮虎蔵ってんだ」

「虎蔵さんですね。ありがとうございます」

「いいってことよ。またどっかでな」

「ほんまに、すんまへんでした」

「早く、行きな」

「ほな……。失礼します」

何度も振り返っては頭を下げ、石段を降りていく貫一を並んで見送りながら、玉枝が言った。

「虎蔵さんは、人がいいねえ。あのズボン、一張羅（いっちょうら）でしょ？」

「いや、早苗がそうしろって言うからよ」

「え?」

「あ、いや、なんでもねえ」

「いま、早苗って……」

「……」

しまったという顔で黙りこくった虎蔵が、ふっと笑って話し始めた。

「いや、その、なんだ。まあ、バカみたいな話だけどよ、なにかっていうと、早苗が耳元で囁いてるような気がすんだよ。『あんた、それでいいの?』ってさ。それを無視してると、どんどんその声が大きくなる気がしてさ。つい言うこと、聞いちゃうの。はは、幽霊っているのかねえ。早苗のやつ、死んだ途端に、口うるさくなりやがった」

「あはは、虎ちゃんの行いが悪いから、早苗さん死んでも死に切れないのかもね」

玉枝は笑ったが、その笑顔は寂しげだった。

「考えてみりゃさ。俺もあんまり人様に偉そうなこと言えたもんじゃねえんだよ。あの人だってよ、風呂でも入って、ちゃんとした服着れば、案外まともな職に就けるかもしれねえのにさ。それが、ほんのちょっとしたことで、人生転落しちまうもんなんだ。それが、俺の小汚ねえカバンを漁ったのがきっかけだなんてったら、寝起き悪いじゃねえか」

石段のいちばん下に達した貫一が、一段と深く頭を下げ、去っていった。

そこで、思い出したように玉枝が懐から封筒を取り出した。

「そうだ、虎蔵さん。これ、多すぎます」

「いいんだよ。今回は清太郎も世話になったし。それに、今年は天気も良くって、客がわんさか来た。儲かったからよ」

「それにしたって……」

「いいから受け取ってくれ。出産祝いも兼ねてんだから、な」

そう言って虎蔵は、玉枝のお腹を見た。

「出産祝いの前払いだ」

「虎蔵さん」

「女手一つでその子育てんだろ。見栄張ってる場合じゃないよ。俺も、ほら、ひとり親で子ども育てる大変さはよくわかってるつもりだ。あ、いや、まあ玉ちゃんは、いつだって俺を頼ってくれていいんだけどな。それから、ほんとに困ったときは、遠慮なんかしねえで岳志さんにそう言いなよ。今日会って話してきた。玉ちゃんのこと心配してたよ、あのおっさんも」

「岳志さんが？」

「ああ。ああ見えて、案外いい奴だな」

「ふふ、そうね。ああ見えてね。虎蔵さんのお墨付きもらったんなら、本物だわ」

「そうだよ、みんな心配してんだから。なんでもかんでも抱え込まねえで、困ったことあったら周りの大人に相談しなよ。俺も、いつだってすっ飛んで来っからよ」

「なら、私をおかみさんにしてくれたらいいのに」

「え?」

虎蔵のたじろいだ様子を敏感に感じ取って、玉枝は陽気に笑った。

「あはは。わかってる、わかってる。虎ちゃんのここには、早苗さんがまだちゃんと生きてるんだもんね」

右手の人差し指で虎蔵の心臓のあたりをトンと突きながら、玉枝が冗談めかして言った。

「ごめんな」

虎蔵は笑わなかった。

珍しく真剣な顔で答えた。本当に、すまなそうな顔をした。

その顔を見て、玉枝ははっきりと悟った。

心の底に秘めてきた恋は金輪際、未来永劫かなうことはない。

自分は失恋したのだ。それは想像していたことだけれど、実際にそうだとわかってみるとひどく心がかき乱された。父親が死んだときみたいに……。思っていたよりもずっと、私は虎蔵さんが好きだった。

「うん。それじゃ。ありがとうございました」

湧き上がってきた涙を見せたくなくて、玉枝は深々とおじぎをした。

「ああ、じゃあな」

そのままカバンを右手に提げて石段を降りていった虎蔵が、中ほどまで行って急に戻ってきた。石段をゆっくりと登ってくる男に気づいたからだ。昼間会った、あの中年男だった。

「玉ちゃん、玉ちゃんよ」

茶屋に戻りかけていた玉枝を呼び、小声で耳元に話しかける。しばらくは虎蔵の顔を見たくないと思っていたのに、そのただならぬ様子に耳を傾けるしかなかった。

「どしたの」

「あの男、石段を登ってくる男いるだろ」

「え、ええ」

「あいつ、やばいぞ。ありゃ下手すっと、ここで首くくるよ」

「何言ってるのよ。どうしてそんなことわかるのよ」

男がゆっくり石段を登って、そのまま本殿の方へ消えるのを見届けると、虎蔵は声を普通に戻した。

「俺だって全国津々浦々いろんなとこで人間見てんだよ。人を見る目だけは自信がある。ありゃ、世をはかなんでるよ。今朝も血走った目で、枝振りのいい木を探してたもの」

「本当に?」

「ああ。悪いことは言わねえ。行く場所がねえから、置いてくれなんて言われても、関わり合いになんなよ。そんなときは神主さんとこ行けって。お祓いしてもらったら気持ちがすっきりするからって、言ってやれ」

「お坊さんの方が良くない?」

「ああ、それでもいい。それなら駅南の引接寺(いんじょうじ)の坊さん紹介してやれ。あれは酒飲みだが、なかなか話のわかる坊さんだから。いざとなったら引導も渡してくれるしよ」

「何言ってんのよ。本当に大丈夫かしらねえ」

「とにかく今朝からこのあたりうろうろしてるから。まあ、そのうちどっか行っちまうかもしれねえけどな。ちょっと様子見ててよ、おかしいと思ったら、かまわねえから警察に電話しろ」

「わかった」

「じゃあ、気をつけてな」

「虎蔵さんも」

「何、笑ってんだよ」

「ふふ。いえ、虎蔵さんって不思議な人ね。今日はお酒でも飲んで、泣きながら寝ようと思ってたのに、おかげでなんだかわからないけど、今の話で吹っ切れちゃった」

「何を、吹っ切ったんだよ」

「なんでもないよ、鈍感男」

「……。じゃあ、またな。あんまり遅くなると、清太郎がまたどっかへさ迷い出しちまうからよ。あれ、ポツポツ来やがった」

「虎蔵さん、待って。傘、傘」

「いいよ、走ってく」

一目散に石段を駆け下りていった虎蔵を追いかけるように、空が暗くなり、雨粒が大きくなった。黒い男物の傘を抱えて茶屋から出てきた玉枝は、すでに下の道に達して走っていく虎蔵の後ろ姿を見て、何もかも諦めたようにそこに立ちすくんでいた。

どれくらいそうしていたろう。神社から見える銭湯の煙突に雷が落ちて、玉枝は我に返った。抱えた傘もささずに立っていたから、すっかり濡れていた。

おっくうそうに傘を開いて、茶屋に戻ろうと振り返ると、縁台に人影があった。

男が下を向いて縁台に座っていた。

さっきの男だった。頭から滴をぽたぽたと垂らしていた。

虎蔵の話を思い出して、玉枝は小さく震えた。ゆっくりと茶屋へ戻ったが、その間中、男から視線を外せなかった。

茶屋の中に入っても、男のことをずっと考えていた。タオルで濡れた頭を拭いている間も、ずっと「関わり合いになるな」という虎蔵の声が頭で響いていたが、どうしてもそのままにはしておけない気がした。

傘を開いて、ふたたび外に飛び出した。

男はまだ縁台に座っていた。頭を下げて、じっと地面を見つめていた。

玉枝はその横に立ち、傘を差しかけた。

「雨に濡れますよ」

「……」

「大丈夫ですか」

玉枝がかがんで男の耳元で大きな声を出すと、男がゆっくりと顔を上げた。

「濡れますよ」

男は玉枝を見上げ、申し訳なさそうに頭を下げ、視線を地面に戻した。

玉枝はしばらく男に傘を差しかけていたが、やがてため息をつき、男の隣にそっと腰掛けた。

それから男と同じように、何万何十万の雨粒が地面を叩くのを見ていた。残暑の熱に焼かれた地面を、無数の雨粒が冷やしていた。雨は激しかったけれど、空気は母親の胎内のように柔らかで暖かかった。

どれくらい時間が経ったろう。あんなに激しかった雨脚がようやく弱まった頃、玉枝はふと我に返ったように顔を上げ、それから男の方を向いて言った。

「麦茶でも、飲んでいきませんか?」

男は対人恐怖症の患者のように不器用に、目をしばたたかせた。

玉枝が見つめていると、その目に涙が浮かんだ。

男は突然、声を上げて泣き始めた。母親を失った、赤ん坊のように。

玉枝はそっと手を伸ばして、男の背中をさすり始めた。そうして男が泣き止むまで、ずっとさすっていた。

そして、低い、低い声で子守歌を歌った。

幕間　父親に捨てられた少女と母親と、不審な男。

西の空に、赤く焼けた雲がぽつぽつと浮かんでいる。

夕暮れが迫っていた。

森を切り開いて造成した住宅地の外れに、昔の里山の木々を残して作った公園があった。かなり広いその公園の片隅が児童公園になっていて、ジャングルジム、ブランコ、鉄棒、砂場などがある。

その一角に、近所の主婦たちが集まって、興奮して騒いでいる。

主婦たちの輪の中に、小学校低学年くらいの少女がいて、ひとりの主婦が目線を合わせるようにしゃがみ込んで話しかけていた。

「恐かったなあ。それで、その男の人、どっちへ行ったの?」

少女は俯いて、黙りこくっている。

「トシエさん、落ち着いて。さっちゃんが、恐がるって」

周りを取り囲む主婦のひとりがなだめるように言った。

「変質者って、決まったわけやないし」

「せやけど……」

もうひとり、女の子と同じ年頃の男の子の手を引いた母親が、言い訳をするように息子に問いただした。

「ヒロカズ。お前、ほんとに見たんよね。里山の道で男の人が、さっちゃんに声かけてるの」

その母親は公園の向こうのこんもりした里山を見た。

「うん」

「それで、どっちへ行ったのよ。その人」

「わからへん」

「そらそやわ、なあ。ヨシコさん。だって、ヒロ君、その様子見て、すぐに知らせに走ったんでしょ。さっちゃんが、人さらいにさらわれるって。えらいなあ」

少女の前に座り込んでいた主婦が、目を上げてそう言った。

「そやけど。ちゃんと見とかなあかんやないの。この子は」

「そんな無理言わはったらいかんわ。とにかく私、警察に電話かけてくる」

立ち上がりかけた主婦を、ヒロ君のお母さんが止めた。

「今、ウチの旦那が電話してる」

「ほんとに物騒よねえ。警察が来たら、今度こそ私はっきり言うたるわ。もうちょっとパトロールしてもらわへんと困るって」

つい先週、隣町で学校帰りの小学生の少女が立て続けに三人行方不明になるという事件があって、テレビや新聞で報道が今も続いていた。犯人はまだ捕まっていない。母親たちが神経過敏になるのも無理はない。それ以来小中学校では、集団登下校を実施していた。

母親たちの様子を、公園外れの植え込みの陰から男がじっと見つめていた。

風に乗って、母親たちの声が切れ切れに聞こえてくる。

「警察って言わなかったか、今。こうしちゃいられねえな。いくらなんでも、ここで見つかったら疑われるよな、やっぱり」

遠くからパトカーのサイレンが聞こえてくると、男は少しずつ後ずさり、主婦たちに見つからないように、もう一つ隣の植え込みへと移動し始めた。その向こうに、まだ開発されていない里山が続いていた。

「ったくよお、なんの因果で、こんな目に……」

太陽が完全に沈み、灰色になり始めた夕空を、恨めしそうに見上げた。一番星が美しく瞬いていた。

「はいはい。わかりました」

その星に向かって、男は独りごちた。


その頃、到着した二人の警察官が主婦たちに話を聞いていた。

五十がらみの警察官が、女の子の前にしゃがみ込むと、猫なで声で話しかけている。

「それで、お嬢ちゃん、そのおじさんはどっちの方向へ行ったのかな」

少女は俯いていた顔を上げると、男の潜んでいる植え込みとは反対方向の街並みを指差した。

「あっち」

主婦たちの顔がいっせいに、住宅街の方を向く。街灯が住宅街の暗い道を照らしていた。

「ありがとう。お嬢ちゃん」

警察官は立ち上がり、主婦たちに軽く敬礼をした。

「ご協力ありがとうございました。それでは我々は、少しこのあたりを巡回してみますので。みなさんはもうお引き取りください」

「変質者、早く見つけてくださいね。そやないと、私ら心配で夜も眠れません」

主婦たちが口々に言った。

警察官と主婦がぞろぞろと去り、その様子を見ていた男が地面に這いつくばって膝小僧を擦りむきながら、なんとか里山の林の闇に潜り込んだ。薄闇の中で、枝がピシピシと男の頬を叩いた。

「早苗のやつ、死んだ途端に、人使いが荒くなりやがった」

男の口調は、愚痴にしては嬉しげだった。

「でもよ早苗。あの母子は大丈夫だ。ちゃんとやってるよ」

男がそう言った途端、夜露が一粒ぽつりと男の首筋に落ちた。


その夜遅くのこと。

〝不審者〟騒ぎのあった住宅街の外れにある古びたアパートの一室に、小さな灯がともっている。

卓袱台に載せた電気スタンドの小さな灯の下で、中年女が内職に励んでいた。

ラーメンどんぶりに、水で薄めた大和糊を山盛りにして、二重にしたガーゼで覆った〝道具〟が木製の粗末な卓袱台の中央に置かれている。

女は目の前に山と積まれた無地のマッチ箱の山から一つ手に取り、その〝道具〟の糊の染みたガーゼに側面のやすり部分を除く三面を、ペタ、ペタ、ペタと転がして糊をつけた。マッチ箱の角を手元に重ねた小さな紙の角に合わせ、各面を糊付けして、広告用マッチが完成する。小さな紙には、蕎麦屋の屋号と電話番号が印刷されている。

完成したマッチを、女は畳に広げた新聞紙の上に置く。新聞紙の上には、何十個もの蕎麦屋のマッチが並んでいる。糊が乾いたら、百個ずつ小箱に入れ、さらにその小箱を段ボール箱に詰めるのだ。段ボール一つに、小箱が十二個入った。

風の強い日の風車のように、クルクルと勢いよく卓袱台の上を動く女の手を、よく光る黒い瞳が見つめていた。

瞳の主は、女の後ろに敷かれた布団の中の少女だ。

「お母ちゃん……」

少女が言った。

「手伝おうか」

母親は手を止めずに答えた。

「ええわよ。あと、もう少しやから」

そう言って、少女の枕元の目覚まし時計をちらりと振り返る。

「あら、もう一時過ぎてるやない。早く寝なさい」

少女はしばらく黙って、母親の背中を見つめていた。

新聞紙に並べたマッチが十×（かける）十の百個になると、母親はそれを小箱に詰め、蓋をガムテープで留めて大箱に収める。首を回し肩をトントンと叩く。卓袱台の上には、まだかなりの数の無地のマッチ箱が残っていた。

「よし」

小さな声で気合いをかけ、母親はふたたび手を動かし始めた。

その背中に、少女は話しかけた。

「今日、お父ちゃんに会った」

母親の手が止まった。

「どこで」

「お父ちゃん……、やと思う。児童公園の鉄棒のとこ」

母親はため息をついた。

「やと思うって……。その人、自分があんたのお父ちゃんやって言ったの？」

「言わへんよ」

「じゃあ、どうして？　あんた、お父ちゃんの顔忘れてしもたって、言ってたやないの」

「……」

「どんな人やったの？」

「普通のおっちゃん。がっちりしてて、腕が太くて。ヒロ君のお父ちゃんよりも強そうやった」

「ふうん……」

母親は、安堵とも落胆ともつかない、寂しげな笑みを浮かべた。

「ねえ、私のお父ちゃん、どんな顔やった？」

「お母ちゃんも忘れたわ」

「写真、なんで全部捨てちゃったの？」

「お父ちゃんは、お母ちゃんとあんたを捨てたんよ。なんでそんな人の写真、大事に取っとかなあかんの？」

「……」

突然押し黙った娘を母親が振り返ると、少女はじっと天井を見上げていた。

母親は小さくため息をつき、作業に戻る。

「知らない人と、話したらあかんって、お母ちゃん言ったよね。人さらい、まだつかまってないんよ」

「そんな人じゃないもん」

「その人、あんたに何か言ったの？」

「元気にしてたかって」

「それで？」

「私がうんって返事したら、『かあちゃんも元気にしてるか？』って。だから、私あの人、お父ちゃんやと思うねん」

（去年も来てくれたし）とまでは、さつきは言わなかった。そのおじさんは、去年の今頃の季節に、ふらりと現れたのだった。去年も、その前の年も。

「お嬢ちゃん、あんた東雲さつきちゃんかい？」

最初の年は、名前を聞かれた。そのときは、このおじさんが自分の父親かもしれないなんて、思いもしなかった。知らない人に声をかけられて、少し恐かった。喋り方も、近所のおじさんたちとは違っていたし。ただ、悪い人でないのは、なんとなくわかった。さつきが黙って頷くと、そのおじさんは言った。

「やっぱりそうかい。目元が似てるな」

誰に似ているかは言わなかった。ただ、それだけ言って帰っていった。帰るとき、「またな」と手を振った姿が、なぜか印象に残った。なんとなくだけれど、このおじさんがいい加減な気持ちで「またな」と言ったわけではないことがわかった。

「また、必ず来るよ」と言っているように聞こえた。

その言葉通り、去年の今頃またやって来た。

さつきは、公園の低い鉄棒で逆上がりの練習をしていた。クラスの女子で、逆上がりのできる子はまだ二人しかいない。なんとしても三人目になるつもりで猛特訓していた。

「なんだ逆上がりもできねえのか?」

おじさんは、さつきに声をかけると、隣の鉄棒で逆上がりをした。それは子ども用の低い鉄棒で窮屈そうだったが、器用にくるりと回ってみせたのだ。

「もう一回やるからよ。手首の動き、よく見てな」

それからしばらく、おじさんは辛抱強く練習につきあってくれた。西の山に太陽が沈みかける頃、おじさんが言った。

「よし、次で最後にしよう。母ちゃん心配するからよ」

もう少しで、できそうだった。さつきはできるまでやりたいと言ったが、おじさんは首を横に振った。

「あと一回だけだ。その代わり、いいもん貸してやる」

そう言うと、懐から小さな布袋を取り出した。真っ赤な布でできた小さな巾着袋だった。

「これは、おっちゃんが作った特製のお守りだ。中に神様からもらった石が入ってんだ。これを、こうして……」

そう言いながら、さつきの首にお守りをかけてくれた。

「誰にも見られないように、服の下に隠しとけよ。そんで、何か願い事があったら、服の上からしっかりそのお守りをつかんで、心の中で神様にお願いすればいい。たいていの願い事はかなえてくれるから。ただし、ほんとに心の底から、かなえて欲しい望みじゃなきゃだめだぞ。明日には忘れちまうようないい加減な願い事をいっぺんでもしたら、もうどんな願いも聞いてくれなくなるからな」

そこでおじさんは言葉を切って、さつきの目をじっと見つめた。

「さっちゃんよ、ほんっとのほんとに、逆上がりできるようになりたいんだよな」

その顔があまりにも真剣で、さつきは思わず吹き出しそうになった。

さつきは少し考えてから、コクリと頷いた。

「じゃ、大丈夫だ。やってみろ」

お守りを、ブラウスの上から握り、(逆上がりできますように)と心の中で呟いた。心の底から、そう願った。

「よし。最後の一回だ。手首を返すの忘れんな」

思い切って地面を蹴って、手首を返した。

嘘のように身体が回って、次の瞬間にはお腹が鉄棒の上に乗っていた。

「おお、できた、できた。な、できただろ?」

おじさんが顔をくしゃくしゃにして喜んでくれた。逆上がりができたことよりも、なんだかそのことの方が嬉しかった。そのとき、ふと思ったのだ。

(この人、私のお父ちゃんやないの?)

父親が家を出ていってしまったのは、その二年前のことだ。顔ははっきり憶えていたつもりなのだけれど、近頃はよく思い出せなくなっていた。去年会ったときは、そんなこと思いもしなかったけれど、父親はこんな顔をしていたような気もする。

（おじちゃんは、私のお父ちゃんですか？）

そう聞いてみたかったけれど、聞けなかった。

そうする代わりに、首からかけてもらったお守りを外して返そうとした。おじさんは「貸してやる」と言った。くれるとは言わなかった。

さつきがおずおずと赤いお守りを差し出すと、男は笑った。

「いいよ、それはさっちゃんにやるよ。大事にしてな。それじゃ、またな」

片手を上げて、おじさんは去っていった。

そして、そのちょうど一年後の今日、おじさんはまたやって来たのだった。さつきの数少ない友だちであるヒロ君が、遠くからその様子を見て、学校で教えられた通り、家に駆け戻って母親にその話をしてしまったものだから、あんな騒ぎになってしまったけれど。

今度こそ、おじさんは自分の父親なんじゃないかと聞いてみよう。

そう心に決めて、指折り数えて今日の日を待っていたにもかかわらず、またしても聞くことができなかった。ヒロ君は、悪い子ではない。それじゃなくても友だちの少ないさつきの、ほぼ唯一の男の子の友だちなのだが、学校の先生の言うことをクソ真面目に聞きすぎるのだ。

この三年間、毎年その男と出会っていたことを言わなかったのは、母親がまた引っ越しをすると言い出すのを恐れたからだ。

父親が〝蒸発〟してから、さつきたちはすでに二回引っ越しをしていた。

父親がいなくなってから、母親は変わった。

余所のおばさんたちと表で立ち話をすることもなくなったし、さつきの小学校の授業参観にも顔を見せなくなった。「仕事が忙しくて行けない」と言うけれど、昔はどんなに大切な用事があっても、無理をしてでも参観日には来てくれていた。

それから母親はさつきと二人で外出するとき、いつも周囲に目を配るようになった。バスに乗っても、電車に乗っても、いつもちらちらと周りを見て、自分たちをじっと見つめている人がいないかどうか確かめていた。

そういう母親の態度が、父親が消えた理由とつながっているらしいことは、まだほんの子どものさつきも、なんとなく理解していた。

学校の教師だった父親が、教え子に何かとても酷いことをしてしまい、そのことで苦しんだあげくに、母娘を捨てて、どこか遠いところへ行ってしまったのだ。

帰りたくても、帰れないような、遠いところへ。

「その人が、ほんまのお父ちゃんで、今もほんまにお母ちゃんのこと元気かって心配してはるんやったら、なんでお母ちゃんのとこに顔見せんのよ。おかしいやない」

母親が自分の肩をトントンと叩きながら言った。

「あのな、さつき。人さらいが子どもをさらうときは、親の話をするんよ。『お母ちゃんが、自動車事故にあった』とかってさ。お母ちゃんが自動車にはねられたら、あんたどうする？『今から病院に連れてってあげるから、おじさんのクルマに乗りなさい』って言われたら、なんにも考えんと乗ってしまうやろ。それが人さらいの手口なの。親をだしにして、子どもをさらうの。

人さらいは、お母ちゃんのことなんて、名前も顔もなんにも知らなくたっていいの。ただ『あんたのお母ちゃんが』『お父ちゃんが』って言うだけで、子どもの頭には自分の親の顔が浮かぶから。そして、その人さらいは自分の親を知ってる人だから悪い人じゃない、ついていっても大丈夫だって思い込んじゃうから。子どもを騙すのは簡単なんよ」

（でも、私は騙せない。『お父ちゃんが』って言われても、誰の顔も思い浮かばないから。お父ちゃんがいないから）

そう思ったけれど、さつきは言わなかった。

それを言ったら、きっと母親は泣き出す。

お父ちゃんがいなくなってから、お母ちゃんは変わってしまった。お父ちゃんの顔はもう思い出せないけれど、お父ちゃんがいた頃のお母ちゃんは、よく笑う人だった。それだけは、憶えている。今のお母ちゃんは、どんなに声を出して笑っているときだって、寂しそうな顔をしている。

「さつき、わかった？　さつき……」

さつきは急いで目を閉じた。母親が手を止めて、こちらを振り返る気配がした。大きくゆっくり息をして、布団の胸のところを、微かに上下させた。母親が、そこに視線を注いでいるのを感じる。それから、その視線がふっと消えて、母親が前を向き、またため息をつくのを。

お父ちゃんがいなくなってから、さつきは寝たふりが上手になった。

パタ、パタ、パタと、マッチ箱を糊のガーゼの上で転がす微かな音が再開した。

さつきは薄目を開けて、母親の背中を見上げる。

小さな丸い背中だった。手の動きにつれて、その背中がほんの少しだけ動いていた。一定のリズムで、規則正しい機械のように。いつまで見つめていても、その動きがやむことはない。お母ちゃんの背中を見ていると、なぜか悲しくなる。悲しくなって、それから無性に腹が立ち始める。なんで、お父ちゃんは出ていったんやろ。なんで私は今日、あのおっちゃんに「お父さんですか?」と聞かなかったんやろ。

来年こそは絶対に聞いてやる、とさつきは小さな胸に誓った。

第二幕　西暦二〇〇〇年を数年過ぎたある春の終わり。父親に捨てられた娘が、正体を明かすことなく、実家へと帰った理由。

1

あれから二十年――。

町はすっかり様子を変えた。

さつきと母親が暮らしている新興住宅地ではない。虎蔵が車海老という奇妙な名の流れ者と出会った町、大きなお腹を抱えた玉枝がひとりで赤ん坊を産むことに決めた町だ。

まず町を北と南に分けていた二階建ての駅舎が、十階建ての駅ビルになった。そこに外国のブランドショップやら、チェーン店のカフェやら有名ラーメン店やら、洒落た土産物店やら、いろんな店が入って賑やかになった。その代わり町の商店街は、いつのまにか寂れた。今では営業している店の方が少ないくらいで、平日の夜八時を過ぎると、ほぼシャッター街と化す。

もっとも、この変化はこの町に限ったことではない。北海道から沖縄まで、日本全国津々浦々にほぼ共通して起きている現象だ。ますます賑やかになった大都会は別として、普通の地方都市は、だいたいそんな感じになってしまった。

外国のブランドショップや、世界規模でチェーン展開するカフェ、ハンバーガーショップが初めてこの町にできたときには、素朴な地元の人々はお祭り騒ぎだった。

「いやあ、ついにウチの町にもサンドネルコーヒーができた。これで我が町も、銀座やニューヨークなみだなあ。たいしたもんだ」

この町にサンドネルコーヒーができたということは、あっちの町にもこっちの町にもできたということで、それはつまりこの町が、金太郎飴の切り口みたいに同じ顔をした、個性のない町になりつつあるということだ。

町の住人たちも薄々はそのことに気づいているのだけれど、ほとんど誰もそれを問題とは思わなかった。むしろその流れに乗れたことを喜んでいる。みんなと同じが好きな国民性なのだ。

そういうわけで、駅南の南口食堂が取り壊されて、全国展開のコンビニエンスストアになってしまったことを悲しんでいるのは、その中年男ただひとりだった。

年の頃は、五十代後半。

背は低い。一五〇センチを少し超えるくらい。年齢の割に髪の量は豊かで、白髪多めのごま塩髪を後ろになでつけている。ピンストライプのダークブルーのスーツに、薄いピンク色のシャツ、幅広のダークブラウンのネクタイ。そのネクタイと似た色の革靴は顔が映るくらいピカピカに磨き込まれている。成功している実業家というところだろうか。

ただし、誰の目にも胡散臭そうな気配をぷんぷん漂わせていた。それは、ネクタイの異様な幅の広さのせいだけではない。
ひとりの女性が、なんと言えばいいか、強烈なのだ。
その女性が、なんと言えばいいか、強烈なのだ。

顔立ちは白人系だが、アメリカ人とかフランス人とか、誰もが知っている国の国民ではなさそうだ。肌の色が浅黒いところを見ると、太陽の光の強い国から来たのかもしれない。訛が正体不明で、年齢も不詳だった。二十代にも見えるが、四十歳を過ぎていると言われても誰も驚かないだろう。日本人には外国人の年齢を当てるのは難しいものだけれど、そういうことではなく、とにかく化粧が濃くて、服装が異常に派手だった。

根元が黒々としているので、明らかに染めたとわかる金髪に、重量感のあるつけまつげ、深紅の口紅は縁日のリンゴ飴のようにてらてらと光っていた。

長さ二センチはありそうな十本の付け爪にはそれぞれ、日本、アメリカ、イギリス、フランス、中国、韓国……、あとはどこかわからない全部で十の国の国旗が描かれている。左右の手首にはそれぞれ何十本もの細い金のブレスレット。右腕には、いったいどこのどんな人間がどんな発想からそんなデザインを思いついたのか知りたくなるような、鮮やかな紫と黄色の縞模様のエナメルのハンドバッグを提げている。胸には派手な緑や紫色の太い、おそらく合成樹脂製のネックレスが五、六本。レモンイエローのブラウスの胸元は大きく開いていて、裾のところで大きな蝶結びになっている。竹馬のように高い真っ赤なハイヒールに、漁で使ったらイワシくらいの魚なら易々と逃げてしまいそうな大きな網目の網タイツ。膝上十センチのヒョウ柄のミニスカートには、当然のごとく深々とスリットが入っていた。

　そういうおかしな二人連れが、駅の南側を流れる川沿いの道路に面したコンビニエンスストアを見上げていた。いや、正確には、見上げているのはごま塩頭をマフィアみたいに整髪料で後ろになでつけている中年男だけで、ど派手な女は下を向いて退屈そうに大あくびをしながら携帯電話のメールをチェックしていた。

「シャチョウ、もう気がスンダ？」

「……」

「イツマデここにイルの。アレ、なんで泣いテル？」

「ここや、ここにその店があったんや」

　シャチョウと呼ばれた男は、感慨深げな声だった。

「ドノ店？」

「南口食堂。俺の第二の故郷」

「フルサト？　シャチョウ、ココの出身？」

「だから第二の故郷やって。いっつも話してるやろ。二十年前、ここで酒を飲んでなかったら今のわしはないんや。それが、こんなコンビニになっちまって……。大将もきっと草葉の陰で泣いてはる」

「大将ッテ誰よ。シャチョウは軍人ヤッタノ？」

「違うて。わしはその昔、ここにあった店を手伝うてたことがあんねん。大将いうのは、その南国食堂の主人。沢田元一（さわだげんいち）、ゲンさんや」

「アア、シャチョウがまだドロボウだった時代の話ネ」

「ドロボウだったんやなくて、ドロボウに、な・り・か・け・た。ドロボウにはなってない。何度もしたやろ、その話。大恩人の虎蔵さんの話や。お前、泣きながら聞いとったやないか」

「オオ、トラゾーの話か。私、あの人ダイスキよ。だから悲しかったよ。三年前の、トラゾーのオソウシキのとき、私、自分の涙で溺レルカト思ったもの」

　男は胡散臭そうに、女の顔を見て言った。

「お前、最近さ、よくそういう安っぽい詩みたいな日本語喋るよな。誰に習ったの？」

「ナニ？　意味ワカンナイ？」

「男変わったやろ？」

「ぜんぜんワカンナイ。男、カワッタ？　ドユイミ」

「都合悪くなると、突然日本語タドタドしくなるもんな。まあ、ええわ。わしはな、その頃ホームレスやっとって、二十年前の夏、拾い集めた一八七〇円を握りしめて、ここにあった店にビール飲みに来たの、虎蔵さんにもろた服に着替えてな。一八七〇円……。そうや、まだ金額まできっちり憶えてる。旨かったなあ。あの生ビール。それから、瓶ビールを一本飲んで、迷った末に、白隼の燗酒を一本……。今思えば、あれが、あの日本酒が、わしの本当の人生の始まりやったんやな……」

　男がまた自分に呟くように話し始めると、派手な女は慌てて男のスーツの袖を引いた。

「シャチョウ、シャチョウ。また回想モードに入ットルやん。何遍その話シタラ気がすむノ。エエカゲンニシテ欲しいわあ。ハヨ行カンと、約束ノ時間に間に合わなくなるんちゃうの？」

「また流暢になりよった。お前、ほんとはもっとちゃんと喋れるやろ？」

「エエから、エエから、その話は。ハヨ行きましょ。クルマエビ」

「あ、その名で呼ぶな言うたやろ」

車海老貫一は網タイツの外国人女に引きずられるようにして、恋園神社へと続く土手の道を歩いていった。二十年前、虎蔵が清太郎を背負って、風のように駆けていった道を。

その虎蔵は、もはやこの世にはいない。

けれど、その夏草の茂る土手道だけは昔のままだった。

2

「しっかし、あの野郎どこ行ったんだべ。ったく、お間抜け野郎が。もしもしぃ？……なんだよ、留守電かよ。あ、ヒデコだけど。恋園庵の前に荷物全部下ろしてセッティングしちゃったんだけどもさ、玉枝さんに聞いたら、今年の縁日来週末なんだって。わがる？　来週末なの。まだ十日も先だって。とりあえずクルマこっち回してくんねえかな？……つーか、とにかく、この留守電聞いたら大っ至急電話くれ。あーあ、もうどおすんだよぉ」

ヒデコは叩きつけるように携帯の蓋を閉めると、語尾がいちいち上がる北関東のイントネーションで悪態をついた（若い彼女が携帯電話を使っているのはおかしいと思う読者もいるかもしれないけれど、この時代はまだスマホはこの世に出現していない）。


ヒデコという名前でわかるように、もちろん女性だ。

同じ北関東の隣の県の出身だが、訛がよく似ているのでまるで地元の人間だ。

年齢は二十三歳、古着のジーンズに、黒いワーキングブーツ、深い紺色の長袖Tシャツに革のベスト、家庭の洗面所にかかっているような白いタオルを頭にかぶっている。遠目では男か女かわからない。声を聞けば、女であることは判別できるが、話し方はほとんど同年代の男と変わらない。

町は大きく変貌したけれど、この二十年でいちばん大きく変わったのは、若い女性の喋り方かもしれない。

ヒデコは耳に挟んでいた煙草に火をつけると、恋園庵の前の縁台に腰掛け、空を向いて気持ち良さそうに煙を吐いた。近くで見ると、くりくりとした目がよく動く、可愛らしい顔立ちをしていた。化粧っ気がほとんどないのと、標準よりはややふっくらしたその体型ゆえに、男に追いかけられるほどのタイプではなさそうだけれど、顔立ちは整っていた。男か女かわからないような格好はしているが、これも子細に観察すると、意外とセンスのいい着こなしである。濃紺のTシャツは、和服の端切れを縫い合わせたものだ。

恋園庵とは言うまでもなく、二十年前にシングルマザーとなった元美少女、松岡玉枝の営む茶屋だ。

彼女の父親で、かつてテキ屋の元締めだった松岡藤次が恋園神社の社域の一角を借りてこの茶屋を始めたとき、特に店の名はつけなかったのだが、この店で汁粉を注文しひとくちだけ残して帰ると一年以内に恋人ができるとか、初デートのときにこの店のあんみつを一つだけ注文して、二人で分け合って食べると二人は結ばれるとか、この町の女子高生の間でそういう験担ぎが爆発的に流行った年があって、その頃から町の人たちがいつとはなしに恋園庵と呼ぶようになり、今ではその名が定着していた。

「ったぐよぉ、清太郎のバカにつけるクスリはねえな」

縁台に寝そべり、入道雲の浮かぶ空に向かって煙草の煙を吐きながら、ヒデコが誰に言うわけでもなく独り言で悪態をつくと、思いがけず返事が返ってきた。

「清ちゃんと、まだ連絡取れないいんですか？」

ヒデコが顔を上げると、麻衣子(まいこ)が茶屋から顔をのぞかせた。

麻衣子は玉枝の娘だ。

もう少しつけ加えるなら、この物語の前半、未婚の母となることを決めた玉枝の膨らんだお腹の中でまどろんでいた胎児の現在の姿である。

その胎児、いや麻衣子は今や十九歳、母親譲りの美しい娘に育っていた。

ただし母親が太陽だとすれば、麻衣子は月だった。それも冬至の頃の、凍る夜空に瞬く星々を従えた月だ。冬の月のような白い肌と、漆黒の長い髪が麻衣子に神秘的な雰囲気を与えていた。物静かな佇まいの中に、どこか人を寄せつけない厳しさがある。あるいはそれは、彼女の人恋しさの裏返しなのかもしれないけれど。

ちなみに、二十年前、玉枝の膨らんだお腹を見て、激しく衝撃を受けた男、虎蔵は残念ながらもはやこの世にはいない。三年前の春、恋女房早苗の待つあの世に旅立っていった。

そして現在は、息子の清太郎が父の跡を継いでテキ屋をやっている。

と言っても、現在のこの町に、かつてのようなテキ屋の組織は存在しない。

十年前に元締めの松岡岳志が組織を解散し、今では協同組合が県内の祭りや縁日などの出店の管理を行っている。それに伴って、昔ながらのテキ屋はめっきり少なくなった。清太郎のような、親の代からのテキ屋は今や少数派だ。

それでも清太郎は渡り鳥のように律儀に、一年に三回、春の縁日と、夏祭り、秋祭りには欠かさず町にやって来た。五年ほど前から、高校時代の後輩の竹内力也(たけうちりきや)を連れてくるようになった。ヒデコはその力也の彼女で、去年から一緒にここへ来ている。今年も力也や清太郎と一緒に、恋園庵の二階に厄介になっている。

「麻衣子ちゃん、まだいだの？」

ヒデコが驚いて言った。

「すみません。手間取っちゃって」

そう言って、麻衣子は照れ笑いをした。

「いや、謝んなくていいけど。二時に社務所行かなきゃって、あんた言ってたべ」

言いながら、ヒデコは恋園神社の社殿の方に顎をしゃくった。

白衣に緋袴という巫女の装束をまとった麻衣子は、まるで遠い過去からタイムスリップしてきた人のように見えた。普段は母親の茶屋を手伝っているのだが、祭りで忙しい時期は、神社で巫女のアルバイトをしている。手首を返しその腕時計をちらりと見て、軽い驚きの声を上げた。

「大変。こんな時間」

腕時計の文字盤を手首の内側に向けて着ける若い娘など、今やほとんど絶滅危惧種と言ってもいいかもしれない。けれど、麻衣子にはそれが自然だった。立ち居振る舞いも、物言いも、優しくてたおやかで、世の父親なら誰もが切望するような理想の娘だった。

「じゃあ、ヒデコさん。私行きますね」

「はいよー。頑張ってねえ。神様のお勘定ってか」

夏祭りの間のお賽銭の集計が麻衣子の今日の仕事で、信金の担当者が来る夕方五時までに集計を終えて渡さなければいけないという話をヒデコはさっき麻衣子から聞かされていた。

麻衣子が笑いながら本殿へと続く石段を登ろうとしたそのとき、小さな段ボール箱を抱えたひとりの初老の男がその石段を降りてきた。

二十年前、ここで自殺を図り、玉枝に救われた東雲六郎(ろくろう)である。

六郎はそのまま、ここに居着いていた。

「麻衣子……」

すれ違いざまに六郎が声をかけたが、麻衣子は完璧に無視した。何も聞こえなかったかのように、石段を登っていく。

六郎はなんとも言えない悲しげな顔で、麻衣子を見送った。その歪んだ表情のまま、恋園庵の前で一部始終を呆然と見ていたヒデコと目が合う。六郎はぎごちなく笑い、ため息をついた。

「ふう。年頃の娘は扱いが難しいねえ」

「ああ」

なんと答えていいかわからず、ヒデコはどうとでも取れるような曖昧な声を出した。ヒデコも年頃の娘だった。六郎もそのことに気づいたらしい。

「いや、そういう風に一般化して言うのは良くないか。ヒデコさん……。年頃の娘がみんな扱いにくいっていうわけじゃないよな。あなたのような娘さんもいるわけだし。正しくは、ウチの娘が難しい、だ。いや、昔は素直な優しい子だったんだよ。反抗期なんて、この子にはないんだと思っていたら、もうすぐ二十歳だっていうのに、ああだもの。いや、お恥ずかしい次第です」

そう言って、六郎は乾いた小さな笑い声を立てた。

「ウチの親父も……父も、私のことそう思ってたに違いないです。いや、あたしの方が麻衣子ちゃんよりずっと扱いにくかったと思います」

めったに使わない敬語が咄嗟に出たのは、六郎が今日から来週まで厄介になっている恋園庵の主人だったからということもあるけれど、主な理由は、六郎があまりにも痛々しかったからだ。年頃の娘にあからさまに無視され、傷ついた父親を見るのは辛かった。

自分の父親を見ているような気がした。

六郎は、ヒデコが自分の父親のことを過去形で語ったことに気づいていた。

「お父さんは今は？」

「はあ、去年亡くしました。失って初めてわがるんすよね、親の大切さって。親が生きてる間って、つい甘えちゃって。つっけんどんなのは、嫌いだがらじゃないです。ただ、なんて言ったらいいのか……。鬱陶しいんですよ、親の気持ちが。愛されでるのは、わかる。でも、それが鬱陶しい。ハエ取り紙って、昔あったでしょ。あんな風に、ベドベドまどわりつくみたいで……」

言いすぎたかな、とヒデコは思った。六郎は麻衣子の本当の父親ではない。ヒデコはその話を清太郎から聞いていた。

「ハエ取り紙ですか。麻衣子も、そんな風に思ってるんでしょうかね」

六郎は力なく言った。

もっと堅苦しいことを言うなら、本当の父親どころか、義理の父親ですらないのだと、六郎は思った。生物学的にも、法律的にも、自分は麻衣子の父親ではない。

二十年前にこの神社で自殺しようとしていたところを玉枝に声をかけられ、六郎は自殺を思いとどまった。思いとどまったときのままの東雲六郎として、この地で暮らしている。玉枝と事実上の夫婦になりはしたが、玉枝を籍には入れていなかった。当然ながら麻衣子も。戸籍上は、玉枝も麻衣子も赤の他人だった。

それでも玉枝と六郎は、夫婦だったし、麻衣子は六郎の娘だった。そういう風に、三人で生きてきたのだ。一本の傘を三人でさすように、肩を寄せ合って。

けれど、そういう生活も、そろそろ終わりに近づいているのだろうか。六郎は近頃、毎日のように考えている同じ考えにまた囚われて、目の前にヒデコがいることも忘れ、地の底から湧いてきたような深いため息をついた。

六郎の虚ろな心に届くように、ヒデコはわざと大きな声を出した。

「でもね、鬱陶しいなんて言っていられるのは、贅沢なんですよ。親父に死なれて、それがはっきりわがりました。なんで、あんなに反抗しちゃったんだろって。この世で自分をいちばん大事に思ってくれた人なのにね」

「麻衣子もいつかは、わかる日が来るんでしょうか？」

「わがりますよ、絶対」

「そうだったら、いいんですけどねえ」

薄い笑みを浮かべた六郎の声には力がこもっていなかった。

最近、麻衣子は面と向かって話すときも、目を伏せたままで六郎を見なくなった。話すにしても、ぶっきらぼうに話すだけで、まともな会話にならない。六郎にも、玉枝にも、理由はわからなかった。

六郎の複雑な事情は、麻衣子が物心ついた頃のある日、包み隠さず話していた。

六郎が実の父親ではないことも、事情があって六郎と玉枝は戸籍上の夫婦にはなれないことまで、きちんと話した上で、これから三人は一つの家族として生きていくけれど、それでいいかと麻衣子に問うたのだ。

麻衣子は、こくんと大きく頷いた。

そのとき小学一年生だった麻衣子は、六郎に「練習しよう」と言い出した。その日まで、玉枝はけじめとして麻衣子に六郎を父とは呼ばせていなかった。

「六郎おじさんは、そこに立ってて。私がこっちから駆けていくから」

そう言うと、麻衣子は数歩後ろに下がって、六郎の方へ勢いをつけて駆け出した。

「おとうさーん」

大きな声でそう叫びながら、両手を広げて、六郎の胸に飛び込んでいった。

六郎は麻衣子を抱きしめた。

「違うの。私が、おとうさーんって言ったら、おじ……お父さんは、まいこーって言わなきゃ。もう一回やるよ」

「おとうさーん」

「まいこー」

あのときの、麻衣子の小さな背中と日向臭い、子ども特有の匂いは今も六郎の鼻の奥にしっかりと残っている。六郎はいつでもその匂いをはっきりと思い出せる。

それからも、よくその練習をした。

六郎を見つけると、麻衣子は一目散に走ってくる。六郎はその場で、両腕を広げて待つ。

「おとうさーん」

「まいこー」

麻衣子は六郎の腕の中に飛び込み、二人はひしと抱き合う。

あの練習を何回繰り返したことか。

そして、しなくなったのは、いつのことだったか。


六郎は今もそのことをよく考える。

麻衣子が憶えているかどうかはわからない。

はっきりしているのは、麻衣子が何があろうと二度とあの練習をしてくれないだろうということだった。

十九歳の娘がそんなことをする方がおかしいと、他人は思うだろうが、六郎にとってそれはほんのついこの間のことだ。六郎の中の麻衣子は、今もあの小さな、みそっ歯の麻衣子だった。

けれど、子どもには子どもの思いがある。

巫女のアルバイトを始めたのも、朝が早いからという理由で、朝食を父親と一緒に食べずに済むからに違いない。麻衣子がそう言ったわけではないが、六郎も玉枝も、そう感じていた。

そして、そういう麻衣子の態度に困惑したが、世の父親や母親たち同様、どう対処すればいいかわからなかった。

「六郎さん？」

ヒデコの声で、六郎は我に返った。

朱色の袴をなびかせて麻衣子が登っていった石段を見つめながら、六郎はいつの間にかそんな物思いに耽っていた。近頃は、よくそういうことがあった。

「大丈夫っすか？」

ヒデコが心配そうに顔をのぞき込んでいた。

「あ……。うん？　ああ、大丈夫、大丈夫」

「びっくりした。何度声かけでも返事ないから」

「すみません。考え事をしてました」

ヒデコが縁台から立ち上がり、自分が座っていた場所を指さして言った。

「腰掛けてください。顔色、悪いです。水、持ってきます」

「ありがとう」

六郎はヒデコが持ってきた水を飲み、おしぼりで顔と首をゆっくりとぬぐった。

「ああ、旨い。ありがとう。人心地つきました」

六郎が丁寧に礼を言うと、ヒデコは頬を赤らめた。

そのとき、大声が聞こえてきて、ヒデコは思わず振り向いた。境内の公衆トイレで用を済ませた力也が、手ぬぐいで手を拭きながら戻ってくるところだった。

「やっべー、やっべー。すげー出たよ。今年に入ってナンバーワンのウンコだね、あれは、間違いなく。どうだ、デコ。見に行くか?」

力也は一八〇センチを少し超えるくらいの身長に、堂々とした体格の若者だ。今年二十七歳になる。精悍な感じに見えないのは、その年齢にして、腹回りに余計な脂肪がつき始めているせいだ。ヒデコと同じようなダボダボの穴あきジーンズに、錦鯉の派手な模様の入った長袖Tシャツの袖を肘までまくり上げていた。その肘から明らかに下手くそな入れ墨がのぞいている。大リーグの選手が入れていそうな、洋風のタトゥーもどきだ。

ヒデコはうんざりした顔で、力也を睨みつけた。

「誰がそんなもん見に行くか。おめえのウンコなんかどおでもいいんだよ。見に行くわけないだろ。……って言うか、おめえ、ウンコ流してないの?」

「ばーか。んなわけねえだろ。モノのたとえだよ、たとえ。お前に見してやりてぇくらい、感動的にぶっといウンコが出たって話。いやあ、ほんと感動した。マジで流すの惜しかったなあ……」

「もういいよ、ウンコの話は」

「はいはい。あ、六郎さん。ご無沙汰っす」

縁台に座っている六郎に気づいて、力也が頭を下げた。

「ははは、相変わらず、元気がいいね。今日来たのかい?」

「そおなんっすよぉ」

「でも……」

六郎が言いよどんだ。

「あ、はい、わかってます。みなまで言うな、です。縁日、来週っからっすよね」

力也があっけらかんと言った。

ヒデコが口を挟む。

「縁日来週だってのに、なんであたしら今日来ちゃったの」

「だから清ちゃんがさ。行くぞって言うから……」

「まーだ一週間もあんだよ。それまで、あたしにここで何しろっつの？」

「デコよ。しっかし、お前はもう俺とつきあって三年になるっていうのに、いっこうにその訛抜けないよな」

「関係ぇねえべ、訛は」

「いいじゃん、一週間ここにいれば。あ、六郎さん、いいっすよね。いつものように、ここの二階……」

そう言いながら、力也は恋園庵の二階を見上げた。窓が開け放たれていて、カーテンが風にそよいでいた。

六郎が微笑んだ。

「もちろん、好きに使ってください。鍵は？」

「さっき、玉枝さんにもらいました。あ、そう言えば、玉枝さん、ちょっと駅前に買い物に行くって」

　六郎にそう言うと、力也はヒデコを手招きして声を潜めた。

「いいだろ、玉枝さんも六郎さんも、茶屋の二階、いつものように使っていいって言ってくれてんだから。滞在費かかんねえし。たまにはのんびりしようぜ。あ、そうだ。明日は温泉行ってみねえか。玉湯の里って、国道沿いに温泉できたって。看板出てた」

　ヒデコも声のトーンを下げた。六郎はいつの間にか立ち上がって、そこにあった竹箒で店先を掃いている。

「ふざけんじゃないよ。おめえはなんで飯喰ってんだ。一舟五百円のたこ焼きだよ。一舟五百円のたこ焼き売って、儲けいくらになる？　今週はあっちの縁日、来週はこっちのお祭りって、日本中をぐるぐる回って、コツコツたこ焼き売って、ようやく糊口をしのいでんじゃないの。一週間ものんびりしてたらすぐに干上がっちまうんだよ。なぁにが温泉だよ。あ、そうだ。その玉湯の里に交渉して、駐車場に出店出させてもらえねえか、交渉してみようか」

「何言ってんだよ。そんなの無理に決まってんじゃねえか。お前はぜんぜんこの世界のことがわかってねえんだよ」

「無理かどうか、聞きもしないのにわがんねえだろがよ。もういいよ。おめえには頼まねえ。あたしこれから、その玉湯の里に行ってくっから。場所教えろ」

「なあ、デコ……」

　うんざりした顔で、力也が言った。

「何よ」

　ヒデコが挑戦的な顔になる。

「自分の男をさ、おめえとか呼ぶのやめにしない？　ていうか、やめてくんない？」

「んだよ、唐突に」

「お前におめえって呼ばれると、なんだかこう全身から力抜けちまうのよ」

「おめえもあたしのことお前って呼んでるじゃねーか。それに、おめえはいつも全身から力抜けてんだろがよ。人のせいにすんな、このデクノボウ野郎」

「お前なあ……」

「ああ、もういい。ほんとあんたにはうんざりだ。そうやって、ぬるぬるぬるぬるいっつも話そらしてよ。あんたのその無駄話聞いてるだけで、一日終わっちまうんだ。もういいから、その温泉の場所をさっさと教えろ。行って話決めてくっから」

「だから、そんなことできるわけねえじゃねえか。せめて清ちゃんに相談してさ、地元でこの商売してる人に話通さねえと。あ、そう言えば玉枝さんの従兄弟の、なんてったたっけな、元地元の顔役の人がまだ元気だって話聞いたけど。名前、なんってたっけなその人」

「岳志さんかな。松岡岳志」

　後ろから、六郎が口を挟んだ。

「そう、そんな名前でした。松岡岳志。まだ、ゴゾンメイでしたよね」

　話を聞かれていたのかと、驚いた様子で振り向きながら、力也が聞いた。

笑いを含んだ声で、六郎が答えた。

「ええ、ご存命です、まだ。だけど、無理でしょうね。岳志さんに相談しても。玉湯の里の駐車場には、たこ焼きの屋台も、焼き鳥の屋台ももう出ていますから。力也君たちの屋台の割り込む隙はないと思います」

「そうですか。ほらな、デコ。だから言っただろ。そんなの無理だって」

「いや、目のつけどころは悪くない。玉湯の里の駐車場。たこ焼きの屋台も焼き鳥の屋台も、けっこう利益を上げているそうですよ。しかも、その屋台は玉湯の里が完成したとき、隣町の若者が、あそこの社長に飛び込みで直談判して出したと聞きました」

六郎がそう話すと、ヒデコの目がキラリと輝いた。

「えー、そうですか。やっぱねぇ。力也、だから言ったろ。聞いでみなきゃわがんねえだよ。六郎さん、他に店出せるとこないっすかね。お聞き及びのように、清太郎のせいで、あたしらこれから一週間、無職なんです。タコ、山ほど買っちゃったってのに」

「清太郎君にも困ったもんですよねえ。毎年のことなのに、日付も確認しないで。まあ、だけど許してあげてください。清太郎君は早くにお母さんを亡くして、子どもの頃は玉枝が母親代わりだったんです。今も、玉枝に甘えに来てるんだと思います。あなたたちまで巻き込んでしまいましたが……」

申し訳なさそうに話す六郎に、何か言いかけたヒデコを力也が押さえた。

「いや、俺らそのおかげで恋園庵の二階、自由に使わせてもらってるわけだし、文句は何もないです」

「ふむ。だけど一週間仕事にあぶれたら、そりゃ大変だよね。そうだ、私の学習塾の裏の駐車場はどうでしょう。あそこなら塾帰りの子どもたちにたこ焼き売れないかな」

「いいんすか？」

ヒデコが目を輝かせた。

「はい、大家さんには私が話してみましょう。問題は保健所ですか」

力也が頷いた。

「それがネックっすね。届け出さないといけないから……」

「そうか、すぐには無理か。じゃあ、ウチの敷地内でやったらどうでしょう。お二人は、ウチのアルバイトということにして。茶屋の店先でたこ焼き焼いて、ここで売る。どうです？」

「だけどそれじゃ玉枝さんに……」

「玉枝は大丈夫ですよ。麻衣子が巫女さんのアルバイトするようになって、買い物にも行けなくなったって困ってましたから。玉枝は若い人が好きなんです。一緒に働くと元気が出るって、いつも言ってます。だから、どうでしょう？」

「でも、ほら、お祭りのときならいざ知らず、普段はここあまりお客さん来ないじゃないですか。本殿の裏だし。だから俺らがたこ焼き売ったら、焼き餅とかあべかわ餅食べに来るお客さんとバッティングしちゃうんじゃないかな」

あくまでも慎重な力也に、ヒデコが訝しげな視線を注ぐ。

「ははは、その心配はいりません。バッティングしようがしまいが、お祭りの月以外茶屋はだいたい赤字ですから」

六郎があっけらかんと言った。

「だけど……」

まだ何か言おうとする力也に、ヒデコが喰ってかかる。

「おめえさあ、要するに働きたくねえんじゃね。清太郎のせいで空いたこの一週間を、のんびりバカンス気分で過ごそうってハラなんじゃねえのか。なあ」

「そ、そんなこと、な、ないよ……」

「あ、やっぱり。お前さあ、わがってんの？　あたしらはそんな呑気な身分じゃないの。一週間職を失うってことは、一週間おまんまが喰えないってことなの。バカンスじゃなくてラマダーンになるの、仕事しないとよ」

「な、なんだよ、そのラ、ラ、ラダマーンって」

「ラマダーンだよ。断食月。ま、いいよ、その話は。とにかく六郎さんが、そう言ってくださるんだからさ、やらせてもらおうよ、な」

「あ、ああ」

二人のやりとりを微笑みながら眺めていた六郎が、嬉しそうに言った。

「では、玉枝が帰ったら相談しましょう」

ヒデコが、にっこり笑った。

「あたし、客引きしますよ。ビラ作って。駅前でビラまごう。恋園庵で、期間限定大阪発特大たこ焼き販売中って」

「大阪発って、お前、俺たち大阪となんも関係ないぞ」

「去年行ったじゃん、道頓堀。あそこででっかいタコぶつ入れたたこ焼き見て、ウチらのたこ焼きのタコも大きく切ろうってことにしだんだからさ。大阪発だよ。六郎さん、どうっすか？」

「そうですね。どこかに小さくその話書いときましょうか。それなら、大阪発とやってもまあ問題なさそうな気がします」

「よし、それで行ぐべ。力也、準備開始だ」

「行ぐべって……。デコ、やる気出すと、途端に訛強くなるな」

「訛のどごが悪いんだ。ああ？　おめえだって、千葉の柏生まれのくせして、都会ぶんじゃねえ。このタコが。とにかく、やるべ、やるべ、やるべ」

「ああ、もうわかった、わかったよ。けど、とりあえず清ちゃんにも相談してからにしようよ。俺たちが勝手にそんなこと始めたら、気ィ悪くするだろう」

「いいよ、いいよ。奴は。奴のせいでこんなことになったのに、どこ行ってんだが、ずっと携帯の電源切ってるし。あたしらで始めるべ」

「ヒデコさん。それは考えものですよ。やはりそういうことはちゃんとみんなで相談した方がいいと思います」

　力也がほっとした顔になった。

「ね、そうですよね、六郎さん。デコ、お前はなんでもせっかちなんだよ」

思わぬ六郎の援護を受けて力也は元気づいたが、ヒデコはにべもなかった。

「いいよ、おめえの意見は。六郎さん、やっぱ清太郎にも相談した方がいいっすかね」

「私はそう思います」

「わがりました。どっちにしろ玉枝さんの許可ももらわなきゃいけねえし。六郎さんがそう言うなら、待ちます」

「なんだよ、どうして俺の話は無視で、六郎さんの言うことなら、すぐ聞いちゃうわけ？　同じこと言ってんだよ、俺たちは」

「ああ、うるさいなあ。ほんとにべちゃべちゃうるさいよ、この男は。女の腐ったのって言われっぞ。いや、女はもったいないか。男の腐ったのか。あ、それじゃそのまんまか、あははははは」

返す言葉に詰まって、力也が顔を赤くした。その様子を、笑いながら眺めていた六郎が縁台に歩み寄った。

「ははは、二人とも、仲良くやってくださいよ。一応、客商売なんだから」

六郎は縁台の上に置いていた段ボール箱を開けると、中からパンフレットのようなものを取り出して、力也とヒデコそれぞれに、一部ずつ手渡した。

「これ、恋園神社の新しいパンフレットだそうです。今、社務所に行ってもらってきました。お暇なときに、ざっと読んでおくことをお薦めします。お客さんにモノを売るとき、この神社の縁起などを簡単に説明して差し上げたら、きっと売り上げも伸びますよ」

「なるほど」

「虎蔵さんの受け売りですけどね。あの人の屋台は、いつも行列ができてました」

それは、昔、虎蔵がいつも言っていたことだった。流れの商売人だからこそ、それぞれの神社仏閣の歴史やら何やらを頭に叩き込んでおく必要がある。歴史を知っている人を人は信用するし、その信用が売り上げの差になるのだと。

「あなたたちは、まだしばらくここにいらっしゃるんですか？」

六郎が尋ねると、力也が答えた。

「玉枝さんが戻ってくるまではいます。デコが、留守番頼まれたんで」

「ああ、そうですか。すみませんね。これ、ここに置いときますから、玉枝が来たらそう言ってください」

そう言って、六郎はパンフレットを入れた段ボール箱をポンと叩いた。

「私はそろそろ塾を開ける時間なので……」

六郎は小さな学習塾を営んでいた。

ここに来る前は、関西のある町で小学校の教師をしていた。その小学校で何か問題を起こして自殺をしようとこの町にやって来たらしいのだが、どういう問題を起こしたのかは誰も知らなかった。

妻子を残して自殺を決意するほどの問題がいかなる問題だったのかはさておき、少なくとも子どもに何かを教えることにかけて、六郎は優秀な教師らしい。

それも、出来のいい子ではなく、成績の良くない子どもに辛抱強く勉強を教えることにかけて、素晴らしい才能を発揮した。評判を聞いて、隣町からわざわざ六郎の塾に通ってくる子も何人かいるらしい。

もっとも進学校を狙っている子や、受験が目的の子にとっては、いささか物足りないところがあったから、塾としてそれほど繁盛しているわけではないけれど、それでもこの二十年間、玉枝と麻衣子との三人家族を支えるには充分な収入を上げることができた。おまけに落ちこぼれの子どもたちや、その両親からは泣いて感謝されもした。六郎としては、それだけで幸せだった。

六郎が微笑みを浮かべながら、そのかけがえのない塾へ去ってしまうと、力也とヒデコの間の空間を静寂が満たした。

不思議なもので、いつも喧嘩しているように見える二人だが、二人きりになると途端に喧嘩がトーンダウンする。ギャラリーがいないと罵り合う張り合いがないというのが、ヒデコの理屈だった。力也は必ずしもその理屈に納得しているわけではなかったけれど、二人きりになるとさっきまで胸の中で騒いでいた興奮が、すっと静まるのは事実だった。

「デコ、さっき六郎さんと麻衣子ちゃんの話してただろ」

「盗み聞きか?」

「聞こえちゃったんだよ。思わず、植え込みの陰に隠れて聞いた」

「それで、登場時にはウンコの話でカモフラージュか」

力也が笑うと、ヒデコもつられて笑った。

「麻衣子ちゃん、最近ぜんぜん六郎さんと話しないんだって。玉枝さん困ってた」

「あのさ、二人がほんとの親子じゃないって、俺話したよな」

「うん」

「わかってんならいいんだ。ほんと微妙な話だからよ、あんまり余計なこと六さんに言わない方がいい」

「わがってるって」

「そうか、それならいいんだけどよ」

力也は縁台に腰を下ろすと、そこに置いてあったスポーツ新聞を広げた。

境内の森で、気の早い蝉が鳴き始めていた。

「あのさあ、ヒデコ」

新聞から顔を上げずに、力也が言った。

「うん?」

「お前さ、なんで六さんのことあんなにじっと見てたわけ?」

「え、あたしが?」

「ああ。六さんが喋ってるとき。ずっと見てた」

「そうかなあ」

「ああ、お前があんな風にじっと誰かを見てる姿、初めて見たよ」

「……」

ヒデコは黙って煙草に火をつけた。胸いっぱいに煙を吸い込み、それからゆっくり気持ち良さそうに煙を吐き出す。

「なあ、なんでだよ」

「いや、そんなにじっと見てたわけじゃねえげどよ。でも、あの人、綺麗な顔してるよ」

「綺麗？　六さんが」

「ああ」

「そうなの？　あの人が？」

「ちょっと人生に疲れたような顔してるけど、顔立ちは綺麗だよ、あのおじさん」

「マジで？」

「なんか、昔のさ、時代劇に出てた人に似てんだよ。あたしのじいちゃんが、好きでよく見てた昔の映画。なんてったけな。ねむり、ねむりなんとか言ったな」

遠くを見るような目で、ヒデコが言った。

「ねむり？　それが名前か？」

「そう、眠。そうそう、狂四郎だ。眠狂四郎」

「ふーん」

「頭は薄いけどさ。でも、それもまたいいんだよ。時々、ふっとものすごーく寂しそうな顔してることとあるだろ」

「やっぱ、よく見てるよ」

「そうすっとさ、頬に縦の深い筋が入るんだよ。それがさ、なんだかものすごく色っぽいっていうか」

「へー。あ、まさかお前、六さんのこと」

「ばーか。んなわけねだろ。だけどよ、あの顔見てると、玉枝さんがなんで六郎さんに惚れたのか、わがる気がすんだよなあ」

「面喰いなのか、玉枝さんも」

「そうじゃなくてさ、なんてったらおめえにわがるかな。このあたりがさ、きゅーんて締めつけられるようなさ」

そう言って、ヒデコは自分の下腹部を押さえる仕草をした。

「あ、あ、やっぱりお前、六さんに、よ、欲情……」

ヒデコが力也の肩をげんこつで叩いた。

「ほんとに、ばかかおめえは。だからそうじゃねえって言ってんべよ。なんていうかなあ、母性本能を妙にくすぐるっていうか、ああ、この人守ってやんなきゃいけねえって、そういう気持ちになっちゃったんじゃねえかなあって」

「そうなの?」

「そうだと思うよ。時々、いるんだよ。そういう母性本能をくすぐるっていうか、情けない男がさ。このあたりにもひとりいんじゃねえかな。まあ、タイプはぜんぜん違うけどさ」

ヒデコはそう言って、意味ありげな視線を力也に送った。

「え、え、どこに」

本気であたりを見回す力也を見て、ヒデコが愉快そうに笑う。

「ははは。まあ、おめえはそうやって一生探してろ。そういう男を」

「んだよ、からかってねえよ」

「からかうなよ」

「っち。ったくよお」

「何よ」

「なんでもねえよ」

そう言うと、力也は頭を振りながらスポーツ新聞のページをめくり、熱心に読み始めた。

ヒデコは力也の隣に胡座(あぐら)をかいて座り、しばらくぼんやりしていたが、やがてもう一本煙草を抜き出して、火をつけた。また、ふーっと気持ち良さそうに煙を吐く。その白い煙の行方を、じっと見上げていた。

力也が、その様子をちらりと横目で見て、また新聞に目を落とす。

ヒデコは立ち上がって、力也の反対側に座り直す。そよそよと吹く春の風で、煙が力也の鼻先に流れていくのに気づいたからだ。力也は何を思ったか去年の冬、それまで一日に三箱吸っていた煙草を苦労してやめていた。

これで案外、気の合ったカップルなのだった。

3

清太郎がその女性を最初に見かけたのは、駅前のサンドネルコーヒーだった。

テイクアウトのコーヒーの蓋の端を開けて、すすりながら店を出てきた女性と、あやうくぶつかりそうになったのだ。

「気をつけろ……」と荒げかけた声を、清太郎は呑み込んだ。

年頃の女性だったからだ。

しかも、美しかった。

(四十分の三かな)

咄嗟にそう思った。

四十分の三というのは、つまり学校の一クラスの中で、三番目くらいには入る美人という意味だ。綺麗ではあるが、稀に見る美人というほどではない。

もちろん充分に、清太郎の守備範囲ではある。

清太郎は自分に浮かべられる限りの微笑を浮かべ、脇によけてその女性を通した。

年の頃は二十代半ば、身長は清太郎よりも二十センチは低い。ということは一メートル六十センチ弱というところか。痩せているというほどではないが、スタイルは悪くない。長い髪をポニーテールにまとめ、ジーンズをはき、薄い春用の赤い革のジャケットを着ていた。すらりと伸びた脚が美しかった。肩から、女物とは思えない無骨な黒一色の大きな箱形のバッグをかけていた。

あれは何用のバッグだろう、どこかで見たことがある。そう思いながら、清太郎は女性の後ろ姿を見送った。

ぶつかりそうになったのは、明らかにコーヒーに気を取られていた彼女のせいなのだが、一言も謝らなかった。身をかわして道を譲られたことにも、感謝の言葉はなかった。清太郎を完全に無視して、一瞬もこちらを見ずに、横を通りすぎた。

これが男だったら、腹を立てたところだけれど、相手が女性だと清太郎は腹が立たない。まして相手が美人とくれば、清太郎の堪忍袋の緒はゴムみたいにどこまでも伸びるのだった。

清太郎は子どもの頃から、女性の美醜に敏感だった。

玉枝のせいだ。

少なくとも若い頃の玉枝は、一万分の一以上の美人だった。学校で言えば、二十校にひとりいるかいないかというくらいの美人。噂を聞いて隣町の学校から、不良が見物にやって来るレベルの美人だ。あちこちを旅してきたが、玉枝ほどの美人に出会ったことはまだないと清太郎はいつも思う。テレビや映画で見かける女優や芸能人の中に、ほんのときたま、もしかしたら玉枝くらい綺麗かもしれないと思える人がいるというくらいのものだ。

自分もいつか玉枝さんのような美人に出会って、その人を妻に持ちたい。

誰にも話したことはなかったけれど、それが清太郎の子どもの頃の夢だった。

三十歳目前の今頃まで清太郎が独身を通している理由の、すべてとは言わないが、少なくとも何割かはその夢のせいと言ってもいいかもしれない。

子どもの頃は、本気で大人になったら玉枝さんを嫁にもらうと心に決めていた時期もあった。だから、玉枝がふらりと現れた老人のような男と夫婦になったと知ったとき、清太郎は天地がひっくり返るほどのショックを受けた。今思えば、その当時東雲六郎は三十歳代半ば、つまり今の清太郎より少し上くらいの年齢で、老人などではなかった。けれどまだ子どもだった清太郎には、早くも髪が薄くなりかけていた六郎は、老人のように見えたのだった。

ショックではあったけれど、子どもの心というのは奇妙なもので、玉枝の心を射止めてしまった、髪の薄い、まるで老人のような六郎を、それゆえに尊敬した。玉枝を取られて悔しい気持ちもあったが、それ以上に、玉枝を妻にした六郎に憧れる気持ちが強かった。

「父ちゃん。なんで玉枝さんは六郎さんと結婚したのかな？」

清太郎はよく、虎蔵にそう聞いた。

そのたびに虎蔵の答えが違ったことが、妙に清太郎の記憶に残っている。

「んなこと俺にわかるわけねえだろが」

怒ったような口調でそう答えたかと思えば、「女ってのはな、時々、なんて言やいいのか、なーんにもできなそうな、情けねー男に惚れちまうことがあるんだよ」と、しみじみ自分自身に何かを言い聞かせるように話してたこともある。

「六郎さんは大学出なんだよ。頭のいい人なんだ。やっぱよ、そこに惚れたんじゃねえかな」

そんな風に言っていた時期もある。

虎蔵も、最初のうちは六郎を玉枝についた悪い虫か何かのように、胡散臭そうな目で見ていたようだ。けれど、そのうちに六郎を好きになった。

ああ見えてあまり友だちをたくさん作るタイプではなかったせいもあるのだろうけれど、虎蔵の晩年の頃は六郎が無二の親友と言ってもいいくらいだった。

病院嫌いの虎蔵がある日突然ひとりで病院に行って、帰ってくるなり清太郎に言った。

「癌になっちまったよ」

虎蔵がこの町の総合病院で手術を受けたのは、六郎がこの町に住んでいたからだ。

「どうせ長くねえんだから、好きなだけ酒飲んで、煙草吸って死ぬんだ」

虎蔵はそう言い張って入院を拒否して、東京の家で布団を引っ被って寝ていたのだが、見舞いにやって来た六郎に説得された。手術は成功し、食は細くなったものの、それから少なくとも四年間は元気に生きた。

ふたたび入院したこの町の病院で、虎蔵の最期を看取ったのも、六郎だった。

それは小正月の頃で、清太郎はそのとき青森の五所川原にあるスーパーで、沖縄の波照間島産の黒糖を売っていた。全国的に沖縄ブームで沖縄県産のものは全国どこでもよく売れた。特に関東以北はその傾向が強かった。

虎蔵は息子を呼ばなかった。玉枝も呼ばなかった。六郎だけを呼んだ。最期に虎蔵が何を言い残したか、あるいは言い残さなかったのか。清太郎は三年過ぎた今も聞いていない。六郎は、その件に関しては口を閉ざしている。

もし、伝えるべきことがあるなら、六郎から話してくれるだろう。

何も話さないということは、何も聞いていないからだ。

清太郎はそう理解して、黙っている。

けれど、本当は父親は何かを六郎に言い残したのではないかという気持ちが、心のどこかにわだかまっていた。六郎がその話をしないのは、それが自分には関係のないことだからではないのかと清太郎は思う。なぜと聞かれると困るのだが、それが息子の勘だった。

ひとり息子の俺に言い残すことは何もなかった。

ただのひとり息子ではない。

母親が死んでからずっと、父ひとり子ひとり、この広い世界で肩寄せ合って生きてきた。そのかけがえのない息子に言い残すことは何もない。そういう親父なのだ。

その親父が、六郎だけ枕元に呼んで伝えたかったこととは、何だったのか……。

美人をひとり見送っただけで、そこまで考えていた。やっぱり俺は、親父の臨終のことが相当気になってるんだな、と清太郎は改めて思った。

それが、その四十分の三の美人との最初の遭遇だった。

二度目の遭遇は、恋園神社の石段だった。

恋園神社の石段は一の鳥居から本殿まで、全部で六九八段ある。

二五五段目のところが広い踊り場になっていて、そこからさらに上の本殿へと登る石段と、恋園庵のある裏手へ回り込む下りの石段になっている。

清太郎が石段を登っていくと、その踊り場にどこかで見たような黒い無骨なバッグがポツンと置いてあった。

誰かの忘れ物だろうか。

しかし、こんな場所にバッグを置き忘れるなんてことがあるのだろうかと不審に思いながら、何気なく見回すと恋園庵に続く下りの石段の中ほどに、カメラを持った若い女性がいた。長い髪をポニーテールにまとめていた。

それが二度目の遭遇で、この若い女性は、言うまでもなく、さっきサンドネルコーヒーですれ違った美人だった。

いつもの清太郎なら妙齢の女性と遭遇した場合、周囲が振り向くほどの大声でなれなれしく声をかけるのだが、このときばかりはそれができなかった。

女性の挙動が、明らかに不審だったからだ。

カメラを恋園庵の方に向けているところを見ると、恋園庵の写真を撮ろうとしていることは間違いない。しかし、女性はカメラを石段の脇の植え込み越しに構えていた。もうちょっとはっきり言えば、植え込みの陰に隠れて、カメラを恋園庵に向けていた。その姿は、鈍感な清太郎の目から見ても、盗撮をしているようにしか見えなかった。

「……」

恋園庵にどこかの有名人が、お忍びで遊びにでも来たのだろうか。

三十秒ほどそこに立ち尽くし、恋園庵が盗撮される理由を考えてみたが、まともに思い浮かんだ答えはそれくらいだった。

ありえない。

そこまで清太郎が考えたとき、茂みの向こうの（清太郎はそのとき、ポニーテールの女性と同じように身を低くして、植え込み越しに恋園庵を見ていた）恋園庵の入り口の引き戸ががらがらと開いて人が出てきた。力也とヒデコだった。

ポニーテールはその瞬間、低くしていた腰をすっと伸ばし、まるで今そこにやって来た人のように、ごく自然に石段を降り始めた。素早い身のこなしだった。

清太郎はと言えば、腰を低くした体勢で固まったまま動けないでいた。

ふと思い出して振り向くと、黒い大きなバッグが石段の踊り場に残されたままだった。清太郎も今はそれが新聞や雑誌のフォトグラファーが使う、カメラバッグであることに気づいていた。あのポニーテールは写真家なのだろうか。いや、今はそれはどうでもいい。確実なのは、あのバッグがポニーテールのものだということだ。

ポニーテールは恋園庵の前で、ヒデコと話している。

「これだから女は恐いんだよなあ」

清太郎は低い声で独りごちた。

あんなに堂々とできるなら、なぜさっきまでここで盗撮のまねごとをしていたのだろう。

いや、盗撮というのはあくまでも自分の思い過ごしで、単に彼女は植え込み越しに恋園庵の写真を撮りたかっただけじゃないのか？　それが芸術とかってもんじゃないのか。

しかし、そうだとしたら、なんのためにあんなボロっちい茶屋の写真を撮らなきゃいけないのか……。

清太郎はそこまで考えて、それ以上考えるのをやめた。

こういうときはいくら考えたって、正しい答えなんて出ないということを、経験上学んでいた。

「下手の考え休むに似たり、ってな」

清太郎は口に出してそう言って、それが父親の虎蔵の口癖だったことを思い出した。踊り場に置きっ放しになっているカメラバッグを肩から提げ、石段を降りていった。

とりあえず、これであのポニーテールの美人と話すきっかけができた。彼女が何者かは、その後で本人から聞けばいい。本当のことを話してくれるかもしれないし、話してくれないかもしれない。あるいは嘘をつくかもしれない。けれど、それも今はどうでもいいことだ。

「四十分の三はちょっと点数が辛すぎかな」

最近、思ったことをよく口に出すようになった。

ひとり暮らしが長いとそうなるって、誰かが言ってたっけ。あ、それも確か親父だった。今日はなぜか親父のことをよく思い出す。

「四十分の一、いや八十分の一くらいでもいいんじゃないか。学年で一、二を争う美人だな」

清太郎の通っていた小学校に転校してきた、カナダ人のジャッキーのことを思い出した。

「金髪に緑の目っていうんで、最初は度肝を抜かれたけど、顔立ちの美しさで言えばジャッキーは三組の堀北香澄（ほりきたかすみ）に負けてたよな」

うん、あのポニーテールはジャッキーに勝ってる。

そこそこの美人では彼女に失礼だ。かなりの美人と言っていい。

「そうだな、百分の一でもいいかもな」

自分に手が届きそうになると、清太郎の美人判定基準は甘くなる。

もちろんそれでいいのだ。

清太郎が本気で好きになったら、その女性は六十億分の一、世界でいちばんの美人になるのだから。

4

「泊まった？」

力也の声が裏返った。

「ああ」

得意な気持ちを押し隠し、清太郎はつまらなそうに答えた。

恋園庵の店先に、柔らかな日が射していた。まだ昼前で、空気の中に清々しさが混ざっている。清太郎と力也は、店先にたこ焼きの屋台を広げていた。

「そ、その女の家に？」

それは見かけよりもけっこうな力仕事らしく、力也の声は息切れ混じりだったが、声に疑わしげな響きが込められていた。

「いや、ホテル」

「どこの？」

「南口のビジネスホテル。彼女、そこに泊まってんだ。あの子、京都の子なんだ」

「じゃなにか、清ちゃんは昨日の朝初めてコーヒー屋ですれ違った女の泊まってるホテルへ押しかけて、泊まってきちゃったっていうわけ？　彼女いない歴もうすぐ三十年の雨宮清太郎が？」

「なんだよ、彼女いない歴もうすぐ三十年って。お前はいつもそういうこと言うけどよ、どうして俺が生まれてこの方誰ともつきあったことないって決めつけるのよ」

「だって、清ちゃんと知り合ってから、一回もそういう話聞いたことないもん」

「話さないからって、誰ともつきあったことないってことにはならんだろ」

「いや」と、横からヒデコが口を挟んだ。

ヒデコは縁台の上にまな板を載せ、大量のタコを刻んでいた。

「あんたの性格ならさ、女の子ナンパに成功したら絶対自慢するに決まってんじゃんよ。しないってことは、ないってことだべ」

「なんで俺が、何もかもお前らに自慢しなきゃいけねえんだよ」

清太郎が口を尖らせた。

「だって現に今もあんた、さつきさんと泊まったって、自慢たらたらじゃねえかよ」

「さつきさん？」

清太郎が素早く反応した。

「ヒデコ、なんでお前、あの子の名前知ってんの？」

「だってあたし昨日、自己紹介されたもん、その人に。高島さつきってんだよ、出身は京都。あれ、清太郎なんでそんな鳩が豆鉄砲くらったような顔してんの？　あれあれ？　もしかして、あんた一緒に泊まったのに、あの人の名前もちゃんと聞いてないとか？　教えてくれたのは名字だけとか？」

「い、いやそんなことないけど、なんでその、さ、さつきちゃんがお前に自己紹介すんだよ」

「神社の写真を撮りたいんだけど、許可はどこでもらえますか、って。昨日あたしに聞いてきたんだよ。そんで、ここの社務所の場所、教えてやったの。そのときさ、『私はこういうものですって』、あの子が自己紹介をしたわけ。京都の大学で日本画習って、卒業して京都の写真家のアシスタントになったんだって。ねえ、清太郎。一夜にしてそういう仲になったんなら、当然そういう話も聞いてるべ」

「あ、ああ、もちろんだ」

言葉とは裏腹に、清太郎の目は泳いでいた。

「じゃあ、その写真家の名前なんってたっけ？　彼女今もその写真家の事務所で働いてるんだから。名刺に書いてあったべ」

「あー、なんてったっけなあ。いや、ここまで出てるんだけどさ、あー、喉まで出かかってんだけど、思い出せない」

頭を掻きむしりながら、清太郎が呻いた。

ヒデコは冷たい目で清太郎を見下ろしながら言った。

「福森写真事務所ってんだよ。……清太郎、やっぱし嘘だね」

「な、何が」

「泊まったっていうの」

清太郎は頬を膨らませて言った。

「だから、泊まったのは本当なの。ま、まあ、そういう仲になったわけじゃないけどもな。あの子の部屋で、一緒にビール飲みながら、『こちらの土地にはよく来はるんですか?』とか、『どうしてあの茶屋の二階に泊まってはるんですか?』とか、『あの茶屋は誰のもんですか?』とか、いろいろ質問されちゃってさ。ほら俺、酒あんま強くねえじゃん。で、寝ちゃってたと。朝起きたら、あの子ちゃんと毛布かけてくれてた。床で眠りについた俺に」

力也が笑った。

「ははは。なんだよ、じゃあ一緒に寝たって、文字通り眠っちゃったんじゃないかよ」

「そうだよ、だから一緒に寝ちゃったたって、言ったじゃないか」

「それを一緒に寝たとは言わんよ、普通は。あははは、清ちゃんはやっぱり彼女いない歴もうすぐ三十年だ。な、デコ」

　力也がしたり顔でヒデコに目配せをしたが、ヒデコは真面目な顔で言った。

「いやいや、普通女はさ、そんな今日初めて会った男を、いきなり自分の部屋に入れたりはしないよ。気がないんだったらさ。清太郎、もしかしたら今度は脈あるかもな。さもなければ……」

　清太郎が鼻を膨らませた。

「ヒデコ、やっぱりそう思うか。女として？　女の直感がそうお前に告げるか？」

「そんな大袈裟な話じゃねえよ」

「脈があるか、やっぱし。高島さつきちゃんは、俺に気があるか？」

「人の話は最後まで聞けよ、清ちゃん。さもなければって、デコが言っただろ、今。その後を聞けよ」

「な、なんだよ、さもなければって」

　ヒデコは一瞬躊躇し、それからさらりと言った。

「さもなければ、なんか他に魂胆があんだよ」

「魂胆？」

「ああ、なんかさ、裏があるような気がすんだよな、あの姉ちゃん」

「やっぱり？」

　清太郎が思わず呟くと、ヒデコが間髪を容れずに言った。

「清太郎、あんたもなんか心当たりありそうだね」

「え?」

「やっぱり、って、言ったよな、今」

清太郎の目が、ふたたび泳ぎ出す。

「言った? そんなこと? 俺が?」

「もー、いーよ。そんなに取り繕わなくても。あたしも力也も、聞いたよ」

「じゃさ、なんでヒデコはそんなにあの子のこと怪しむの?」

清太郎は必死で言いつのる。

「いや、あたしは別に怪しんでるわけじゃねえ。つーか、あの人、別に悪い人じゃねえと思うよ。ただださ、なーんか挙動不審なんだよな」

腕組みして考え込みながら、ヒデコが続けた。

「いや、昨日、あの子、いきなりここに来たんだよ。『神社の写真撮りたいんだけど、どこで許可取ったらいいでしょう?』って。そんなの、社務所に決まってんじゃんかよ。なんで、茶屋に聞きに来るのかなって。力也、そう思わねえ?」

「そういや、そうだな。でも、なんのために?」

「それはあたしもわかんねえげどさ、とにかく様子見に来たんじゃねえのかな」

植え込みに隠れるようにしてカメラを恋園庵に向けていた彼女の後ろ姿を思い出しながら、清太郎が言った。

「どこの様子見よ?」

「この茶屋の様子見に決まってんべよ。清太郎、あんたやっぱりなんか心当たりあるな」

ヒデコがまるで霊力のある巫女のようにピシリと決めつけた。

「な、なんだよ。なんでそんな自信あんだよ」

「やっぱりね」

「やっぱりって、なんだよ」

「あんたさ、あの子に昨日初めて会ったって言ったけど、どうして初対面の女の子とそんなに簡単に仲良くなれたのよ。なんかきっかけがあっただろ」

「う、うう」

「うなってないで、言いなよ。清太郎」

「いや、だからカメラバッグが石段のとこに置いてあってさ」

清太郎はふてくされたように言った。

「で?」

ヒデコが追い打ちをかけると、清太郎は観念して素直に話し始めた。

「周り見ても誰もいないし、誰かの落とし物かなあと思って、とりあえずここまで持ってこようとしたのよ。その途中で、あの子……、さつきちゃんが石段登ってきたわけ。で、『これ、石段のところに置き忘れませんでした?』って俺が聞いたら、『あ、ご親切にありがとうございます。助かりました』って、すごい感謝されちゃってさ」

「ふーん、そうなんだ。やっぱりね」

「また、出た。やっぱり。どういうやっぱりよ、今度のは」

清太郎は鼻毛を抜きながらつまらなそうな顔で言った。態度こそつまらなそうだが、ヒデコの言わんとすることに興味があるようだった。

「カメラバッグって、あのカメラ入れとくバッグだろ。写真家さんたちが使ってる。それが、石段のとこに置いてあったということは、そこであの姉ちゃん、カメラを取り出したってことだべ。あんなところでカメラ出して、何を撮ってたのよ。この茶屋じゃないの？　あの姉ちゃん、昨日ここ来たとき肩からカメラぶら提げてたんだけどさ、そのカメラにすんげえでかいレンズついてたんだ。ありゃ、望遠レンズってやつだろ。撮ってるというより、のぞいてたんじゃねえか。なんかをのぞいてたんだ、この店の。な、怪しいと思わねえか」

「ヒデコ、お前、なんかすげえな。全部、当たってるよ」

ヒデコの推理に、つくづく感心したというように清太郎が言った。

「やっぱりな。清太郎、その一部始終を見てたんだろ。石段のとこから。カメラバッグ拾ったってことは、そういうことだべ。だから、やっぱりなんだよ」

「参った。参りました。しかしなんだってお前はそう何もかも、見てきたみたいにわかっちゃうわけ。まるでイタコだな」

話に置いてきぼりにされた力也が、強引に話に割り込んだ。

「清ちゃん、イタコってなんだよ？」

「あれ、もしかして、力也。イタコって、お前知らねえの？　あの、なんてったっけ、青森の山でさ、そのイタコがいて、死んだ人の魂を呼び寄せるとこだよ」

「霊能者か？　イタコさん？」

力也が不思議そうに聞いた。

「名前じゃねえよ。そういう職業。青森にさ、日本人は死んだらみんなそこへ行くって言われてる山があんのよ。なんか、恐ろしいような名前の山」

「恐山（おそれざん）だろ」

ヒデコが言った。

清太郎がそれだという顔をした。

「それそれ、その山だよ。お前知ってんだな。お前のばあちゃん、青森出身って言ってたな、そう言えば。お前、イタコの血を引いてるんじゃねえか」

「そんなの日本人の常識だろ。あたしだって、テレビでしか見たことないよ、恐山もイタコも」

「え、常識なの？　そうか、まあ、それはいいか。それでよ、その恐山の麓に、イタコのばあさんがたくさんいるのよ。イタコって言ったら、だいたいばあさんだけどな。で、そのイタコのばあさんに頼んで、死んだじいちゃんとかばあちゃんとか呼んでもらって話するのよ」

「この二十一世紀の日本に、まだそんな風習が残ってんのか」

力也が信じられないという顔で聞くと、清太郎が我が意を得たりと続けた。

「残ってんだよ、これがさ。そのイタコのばあさんの前に、長蛇の列ができるんだよ。誰ひとり、疑ってないもん。すげえよ、あの眺めは……。って、あのさ、力也。お前のせいで話がどんどん横道にそれてるんですけど。イタコの話はどうでもいいんだよ、今は。そうじゃなくて、なんでヒデコはこんなになんでもかんでもお見通しなんだって話」

「それはね、清ちゃん」と、ヒデコが諭すように言った。

「女っていうもんの性能なんだよ。標準装備されてんの、オプションじゃなくて。そのくらいのことがわがんねえと、女は務まんないの」

力也がこわごわ聞いた。

「な、なんでよ」

「力也、それはおめえがいちばんよく知ってんだろがよ。自分の胸に、よーく聞いてみろ」

「恐っ！」

力也がふざけた合いの手を入れても、ヒデコはとりあわなかった。

「清太郎、今はあんたの話してんだかんね。だからさ、あのさつきってお姉ちゃんは、魂胆があってあんたに近づいたのかも、って話だよ。でさ、メールアドレスの交換とかしたの？　するわけねえか。フルネームすら聞いてねえのに」

「アドレスは聞いてねえけど、今日もまた、ここに来るんじゃないのかな」

「どういうことよ」

「いや、俺の仕事ぶりを見たいとか言ってたから」

「仕事ぶりって？」

「だから、今日からここの庭先借りてたこ焼き焼くだろ。その話したらさ」

そう清太郎が言うと、ヒデコが意味ありげな顔をした。

「ふーん。やっぱり、あの子、あんたよりこの店に関心あるんだね」

「なんでそうなるよ。もういいよ、その話は。魂胆があろうがなかろうが、どっちにしろ、それは俺がおいおい聞き出してやるよ。寝物語にさ」

「はい、はい。じゃあ、あたしらもその寝物語とやらを楽しみにしてるよ」

ヒデコは話をそこで打ち切って、タコが山盛りのボウルを抱えて茶屋の中に消えた。

その後ろ姿を見送りながら、清太郎がぽつりと言った。

「力也、お前だから言うんだけどさ……」

「何よ」

「俺、本当にあのさつきちゃんって子、なんか昔っから知ってる気がするんだよな」

首をひねって考え事をするようにそう言う清太郎を、力也があざ笑った。

「なんだよ。それ、清ちゃんのナンパの決まり文句じゃねえか。一度も成功したことのない」

「いや、そういう話じゃなくて。あの子と話せば話すほど、俺は昔、この子を知っていたっていう気持ちが大きくなってくるのよ。前世の因縁ってやつかなあ」

「だって、午前中に駅前のサンドネルコーヒーですれ違ったって言ってたよな。そんときの記憶かなんかじゃないの?」

「だから、そういう感じとはぜんぜん別物なんだよな。でさ、話してるうちに、あの子もそんなこと言い出したんだよ。俺のこと、昔から知ってる気がするって」

「へー」

「やっぱさあ、これは予感じゃないの？」

「予感？」

「だから、恋の予感だよ」

力也はたこ焼きの鉄板から顔を上げて、苦笑しながら清太郎を見る。と、その目が一瞬見開かれた。縁台に腰を下ろした清太郎の向こうから、高島さつきが近づいてきたのだ。

「清太郎さん」

清太郎の顔が、一瞬で真っ赤になった。

「あ、た、高島さん」

「昨日はありがとう。お言葉に甘えて、遊びに来ちゃいました。お邪魔やないですか？」

清太郎は慌てて手を横に振った。

「いやいやいやいや、ぜんぜんまったく問題ないです。細かい作業は、全部こいつがやってくれることになってるから。あ、紹介まだしてなかったよね。こいつは俺の兄弟分で、力也。俺の後輩で、一緒につるんで仕事してます。ほら、力也、挨拶は？」

頭に巻いていた白タオルを外して、力也が頭を下げた。

「高島さつきです。よろしく」

さつきがにこやかな笑みを浮かべながら右手を差し出すと、力也は一瞬固まり、それから慌ててタオルで手をぬぐって握手に応じた。

「は、初めまして」

「うわあ、これが業務用のたこ焼き器ですか。これなら上手に焼けそうやね」

カメラをたこ焼き器に向けながらさつきが言った。

「あ、わかる？　このたこ焼き器は使い込んで黒くなってるからわかりにくいけど、銅でできてるんです。銅は熱伝導率がいいから、すぐに焼けるんだけど、焦がさないで焼けるようになるまでが大変で。な、力也」

清太郎が自慢げに、たこ焼き器を叩く。突然、話をふられた力也はしどろもどろだった。

「あ、ああ」

「へー。修練がいるんですね」

さつきがいかにも感心したという調子で言った。

「そうなんです。まあ結局は、テンポ良く、くるっくるっとたこ焼きを返していけばいいことなんだけどね。そうできるようになるまでが、案外と難しい。あ、今から俺がちょっと焼いて見せましょうか？」

そう言いながら、清太郎はまだ何も入っていないたこ焼き器で、たこ焼きをくるくるとひっくり返す動作をして見せた。

「清太郎さん」

さつきは改まった顔だった。

「はい？」

「もし良かったら、今日も晩ご飯、つきあってもらえませんか?」

「え、え? あ、あ、はい」

「忙しいですか? それとも、二日連続で私と晩ご飯食べるなんて退屈かなあ」

さつきがそう言うと、清太郎は高速窓拭きのようにものすごいスピードで何度も右手を振った。

「いやいやいやいやいやいやいや、そんなこと。滅相もありません。高島さんとなら、十日でも二十日でも連続でご飯食べても飽きません」

「ほんまですか?」

さつきが笑いながら言った。

「はい」

「じゃあ、とりあえず今夜」

「喜んで」

「何時だったら、空きます?」

時計を見ながらさつきは言った。

「もう、何時でも。あ、なんだったら今から行きますか?」

「え、だって清太郎さん、これから仕事やないの?」

「いや、仕事たって、水で溶いた小麦粉とモーリタニア産のタコぶつ切りしたのを、ここでコロコロ転がしながら焼くだけっすから。そんなことはもう、力也とヒデコに全部任せちゃえば

ＯＫっすから。あ、ヒデコっていうのは、この力也の彼女なんですけど、まあ顔はへちゃむくれだけど、よく働く女で……。そんなことはどうでもいいか。だから、今から二人でどっかへ出かけませんが、デ、デートでも」

「ヒデコさんですか、私、昨日会いました。あんな可愛い人を、そんな風に言ったらあかんです。冗談でもそんなこと言うたら、女は永遠に傷つきますよ」

「す、すみません」

清太郎が真面目くさって謝ると、さつきは笑った。

「でも、私のためにみなさんに迷惑かけられないです。それに、私もこれからちょっと用事があるから。そしたら、夕方六時。駅前のコーヒーショップで待ち合わせでどうです？」

「あ、あのサンドネルコーヒー？」

「はい」

力也に軽く頭を下げ、一陣の春風のように去っていくさつきの後ろ姿を見送りながら、清太郎が力也の背中を大きな音を立てて叩いた。

「な、な。どうよ。言った通りだろ、俺の。二日連続で私と晩ご飯食べるなんて退屈かなあ、だって。わかる？　この一言に込められた女心。ああ、ついに再来したな、俺にも」

「何が？」

答えはわかっていたが、力也はあえて聞いてやった。

清太郎は得意満面だった。

「いや、だから、いわゆるモテ期ってやつでしょう。中学二年以来の、俺のモテ期」

「清ちゃんにもモテ期なんてあったのか？」

「前に話したでしょうが、中二のときのバレンタインデー。チョコ六つももらったって」

その話は何度も聞いていたが、力也はしらばっくれた。

「そうだっけ」

「そうだよ、あれ以来の大幸運期だな」

「でもよ、あの子、確かに可愛かったけどさ、清ちゃんのことより、あちこち見回してる時間の方が長かったよな」

「それがなんだよ。乙女の恥じらいってやつじゃねえの？」

「そうかなあ。女ってのはさ、だいたい誰かを好きになると、その男ばっかり見るようになるんじゃねえかな。俺はそう思うぞ」

「それはお前、ヒデコの場合だろ。あの女はデリカシーがねえからさ、お前のこと好きになった頃は、じーっとお前のこと、穴が開くほど見つめてたかもしんねえけどさ。最近はぜんぜん見てねえと思うけどよ……。あ、ごめん」

右手に握っていたタオルを、ふたたび頭に巻きながら力也が言った。

「やっぱり、あのさつきって子は、なんかここに様子見に来てるような気がするな」

「ああもう、お前らはどうしてそうネガティブなモノの見方しかできねんだろなあ。さつきちゃんは、どう見たって、俺に惚れてんだよ。だいたい普通女から飯誘うか。しかも、他の男のいる前でよ。ありゃあ、よっぽど思い詰めてるよ。俺と一緒にいたくてしょうがねえんだよ」

「思い詰めてるのはわかるけど、それは清ちゃんにじゃないんじゃないかなあ」

仕事に戻りながら、力也は面白そうに言った。

「じゃあ、誰を思い詰めてんだよ。お前か？　そんなわけねえじゃん。あ、力也、もしかしてお前、嫉妬してんの？　俺がいい女とつきあうのがそんなに羨ましいか」

「だから、そうじゃねえって言ってんだろ」

「わかった。わかったよ。いいよ、お前がそう思うんだろ。じゃあ、そう思ってればいい。ださ、そのネガティブシンキングを俺に押しつけないでくれ。もう、その話はよそう。そいでさ、悪いんだけど、今日の午後はここ、お前とヒデコでやって。今日はたこ焼きの屋台だけだから、二人でできるよな」

「でも、あの子と会うのは夕方だろ」

「何を言ってるんだよ。久々のデートだよ。いろいろ準備ってもんがあるだろうが。頼むよ」

「それはいいけど」

「ありがとう。恩に着るよ、力也。お前らの結婚式は、俺に任しとき。俺が万端取り仕切って盛大にやっちゃるからよ」

ちっ、という舌打ちを、力也は清太郎に聞こえないように小さく口の中で呟いた。

力也は清太郎の二歳年下だ。本当は先輩後輩の関係なのだけれど、最初に出会ったときから二人はずっとタメ口だった。清太郎がそう決めた。

「なんかさ、お前とのつきあいは一生続く気がするんだ。五十、六十になっても、兄貴だの弟だのいうの煩わしいじゃねえか。せっかく五分と五分の関係でつきあいが始まったんだからよ、そのまんまで通そうぜ」

力也の父親もテキ屋で、虎蔵の古い知り合いだった。その父親が脳梗塞で倒れて引退し、力也が跡を継いだのが十八歳の頃だった。

力也はそれまでテキ屋の仕事を手伝ったことがなかった。跡継ぎ息子は普通なら少なくとも何年かは父親の手伝いをして仕事を覚えるものだが、そんな準備をする間もなく力也の父親が倒れてしまったのだ。

右も左もわからず途方に暮れていた力也を助けたのが虎蔵だった。虎蔵は最初の一年間は自分の商売を清太郎にほぼ任せっきりにして、力也にこの商売のイロハを仕込んだ。

清太郎とは、そのときからのつきあいだった。

五分のつきあいをしようと言われたときは嬉しかったけれど、それは逆に言えば兄貴分としての責任を負わないための清太郎の手だったのかもしれないと思う。

兄貴風を吹かせないところは清太郎のいいところだが、その代わり今日のように、何かというと力也たちに甘えるのだった。

「まあ、しゃあねえか」

力也は声に出して言った。

「彼女いない歴もうすぐ三十年だもんなあ」

清太郎は背も高いし、顔も人並みだ。性格だって悪くない。まあ、ちゃらんぽらんではあるけれど、人に優しい。若い女の子には特に優しい。もてないわけではないのだが、長続きしたためしがない。

そういう意味で、今回が清太郎の正念場であることは間違いない。

兄弟分として、力也がひと肌脱がないわけにはいかないのだった。

5

期間限定大阪発特大たこ焼き販売は予想外の盛況だった。

なにしろ、昼過ぎの二時間ほどは恋園庵の前に、時ならぬ行列ができた。

ヒデコがかなり思い切って厚切りにしたモーリタニア産の大ダコだけが、行列の理由ではない。行列発生学的に言えば、この日恋園庵の前に行列ができた理由は、大雑把に言って三つある。

第一が、効率的な宣伝活動だ。その朝、タコを切り終えたヒデコは、六郎の塾のパソコンとプリンターを借りて、宣伝用のビラを印刷した。A4サイズのコピー用紙を四つ切りにしたビラには、恋園庵で今日から一週間期間限定で大阪発の特大たこ焼きが、特別価格で販売されることが簡潔に記されていた。思いつきで作ったビラだから、特に人を惹きつけるような宣伝文句が書かれていたわけではないのだが、幸運なことに、その日は恋園神社の森のすぐ隣にある県立高校の中間試験の最終日の金曜だった。

ヒデコは完成したビラを、試験終わりの解放感でいっぱいの高校生たちが下校する校門の横で配った。

ちょうど昼食前で生徒たちは腹を空かせていた上に、どういう神の御利益か、風向きがちょうど恋園庵から高校の方へ流れていて、ソースの焦げる香ばしい匂いが、ぷーんと漂っていったのだ。ちなみに、たこ焼きは焼けた後からソースをかけるわけで、普通にたこ焼きを作っていたらソースの焦げる匂いが風に乗って漂うなどということはない。

ソースの匂いは、以前に清太郎が考え出した売り上げ倍増作戦で、簡単に言えば、たこ焼きを焼いている横の鉄板で、ソース焼きそばを焼く。たこ焼きだけを焼くよりも、この方がずっと客のつきが良くなった。

その香ばしい香りが、高校生たちの空腹の胃袋をわしづかみにしたというわけだ。ちょうど有名な大阪道頓堀の大たこ焼き屋が、何かの理由で移転を余儀なくされた時期のことで、夕方のニュースで何度もたこ焼き屋の映像が流れたということも幸いした。

買うか買わないかは別として、本場大阪の大たこ焼きなるものが、どんな感じのたこ焼きなのか見に行こうと、暇な高校生たちが大挙して恋園庵に押しかけたのが、行列の始まりだった。

行列発生の第二の理由は、人員の不足だ。そういうことになるとは考えてもいなかったヒデコと力也は、まあ今日はヒデコが高校の正門前と駅前でビラを撒いて、のんびり恋園庵に戻って力也を手伝うくらいの感じで充分に客はさばけると、たかをくくったのだ。

つまりヒデコがビラを撒いている間、力也がひとりでたこ焼きを焼いていた。そうなったのは、もちろん清太郎が二人にすべてを任せて、デートの準備に出かけてしまったからなのだが、それで別に問題が起きるとは考えていなかった。

そこへ高校生の集団がやって来たものだから、力也は慌てた。行列はあっという間に伸びていった。見かねた玉枝が、茶屋の営業を中断して手伝ってくれたから良かったようなものの、もしあのままひとりでやっていたら、力也はパニックになっていただろう。ヒデコがビラを撒き終わって、のんびり恋園庵に帰ったときには、二十メートル近い行列ができていた。

第三の理由は、田舎町における長い行列そのものと、通信技術の発達だ。

ラーメンがブームになったりして、日本各地で行列ができるようになり、町の人々もそういう行列の様子を夕方のニュース番組などで見て知ってはいたけれど、そんなものを現実に自分たちの暮らす町内で見ることになるとは思わなかった。

というわけで、その行列の長さそのものが宣伝効果となって、ヒデコが加わり三人で客をさばけるようになっても、行列はどんどん伸びた。それを面白がって、高校生たちが携帯で撮ってメールで送ったものだから、家に帰った生徒たちまでがまた戻ってきて並んだ。その長い行列を見て、よほど旨いたこ焼きなのだろうと大人たちまでもが並び始めた。年寄りも小中学生も並んだ。茶屋の方へ石段が下る二の鳥居からさらに下って、一時は一の鳥居にまで達していた。四十メートル以上の行列だ。

塾の授業の合間にかり出された六郎が機転を利かせ、整理券を配って行列を解散させなかったら、神社や周辺の住民から苦情が来ていたかもしれない。

　麻衣子が帰ってきたのは、今日切ったタコをすべて使い切ってたこ焼きが売り切れとなり、あれほどたくさんいた客たちが恋園庵から消え、ヒデコと力也と玉枝と六郎の四人が、ようやく一息ついていたときだった。目が回るほど忙しかったけれど、まったく予想外の千人近い客をさばいた充足感で、四人のテンションは上がっていた。

　麻衣子は能面のように無表情だった。普通ならその様子から何かを察して、もっと慎重な接し方をしていたに違いない。麻衣子は青年……というよりは、中年に近い、妙にめかし込んだ男を伴っていた。男は黒と茶色の千鳥格子のジャケットに、幅広の明るいオレンジ色のネクタイを締めていた。ネクタイの結び目は、ちょっとしたおにぎりほどの大きさがあった。滑川英夫（なめりかわひでお）という大学の助教授で、麻衣子のかつての家庭教師だ。

　麻衣子はその日、巫女のバイトを休んで、東京からわざわざ助教授に就任したことを報告にやって来た滑川と一緒に駅南に新しくできたイタリア料理店でランチを食べ、川沿いの道を散歩し、喫茶店でお茶を飲んできたのだった。

　滑川はやけに張り切っていたが、麻衣子は疲れている様子だった。

「それじゃ僕はこれで。麻衣子さん、いいお返事を待ってます」

　滑川は麻衣子にそう言って別れを告げると、力也たちと縁台に座ってラムネを飲んでいた六郎の前に立った。

「先生、今日はありがとうございました。麻衣子さんは今日はお疲れなようなので、また明日お伺いします」

かつて六郎の学習塾で学んだ生徒でもある滑川は、六郎のことを今も先生と呼んでいたのだ。

「そうですか。しかし、そんなに大学を休んで大丈夫なんですか？」

「はい、休みは明後日まで取ってありますので。それではまた明日」

そこで力也がいらぬ軽口を叩いた。

「麻衣子ちゃん、今日のデートはどうだった？」

いつもならそんなことを言うはずのないヒデコまでが、口を滑らせた。

「デートか。デートなんて、私もう何年してないだろう」

「何言ってんだよ、俺たちは毎日デートしてるようなもんじゃねえか」

「はぁ？」

ヒデコはうんざりした顔をしたが、目の奥は笑っていた。

その和やかな雰囲気が、余計に麻衣子を苛立たせた。

「違います。デートなわけないじゃないですか！」

麻衣子は、激しい剣幕で叫んだ。

「じゃ、僕はこれで、麻衣子さん」

そのやりとりを眺めていた滑川が、何を考えているかわからないニヤニヤ笑いを頬に浮かべたまま、芝居がかった仕草で頭を下げ、帰ろうとした。そこを麻衣子が呼び止めた。

「滑川さん。明日は仕事があるので、やっぱり今お返事します」

「そうですか。わかりました」

嬉しそうな顔をした滑川に、麻衣子がきっぱりと言った。

「お断りします」

「え?」

「お断りします」

「それは、どういう意味ですか」

滑川が心底不思議そうな顔で聞いた。

「断る意味がわからないのですか。先生とは結婚する気はないということです。それが私の最終的な答えで、思い直すことは絶対にありませんから」

耳をそばだてていた力也が目を丸くしてヒデコを見た。ヒデコは力也を睨みつけ、何も喋るなという意味を込めて首を横に振った。

「でも、約束したでしょう、あのとき」

「そんな十年も昔の約束なんて、憶えてるわけないじゃないですか。私、小学三年生ですよ。そんな子どもとした結婚の約束を今も憶えていて、約束だからって結婚を迫るなんて、はっきり言って普通じゃありません。もう二度と来ないでください」

最後の一言で、滑川ががっくり肩を落とした。まるで漫画みたいに、文字通り肩を落とした。そしてそのまま、回れ右して帰っていった。

「滑川君……」

滑川があまりにも落ち込んでいたので、心配になった六郎が後を追おうとした。

麻衣子がここ何年も使っていなかった言葉を口にしたのは、そのときだった。

「お父さん！」

麻衣子は抱えていたハンドバッグを開け、財布を取り出し、その中から一万円札をつかみ出して、驚いて振り向いた六郎の手に握らせた。

「昼ご飯代、あの人が出してくれたから」

「そ、そうか……」

「ねえ、お父さん、どういうつもり？　私、あの人にプロポーズされたんだよ」

「ああ、それは今のやりとりでわかったよ。……でもね、麻衣子、彼に悪気はないと思う」

「やっぱり知ってたのね。あの人が私にプロポーズに来たんだって。信じられない。知ってて私を送り出したの？　ご飯でも食べてこいって」

「知ってたら、そんなことしやしないよ」

「私、滑川先生のこと嫌いじゃなかったよ。久しぶりに会って懐かしかったし、だから一緒にご飯食べに行ったし。だけど、それは私が小学生で先生が大学生のお兄ちゃんだった頃の思い出があったからだよ。先生は、その頃から私が好きだったんだって。その話聞いて、寒気がした。恐くて何も言えなくなった」

「わかるよ。すまなかった、恐い思いさせて」

「わかってない。悪気があったわけじゃないと思うって、今言ったでしょ」

「滑川君は学生の頃から、純粋にお前のことが好きだったんだと思うよ。変わっているけど、お前を傷つけるつもりはなかったと思う。断られたら、ああやって黙って帰ったじゃないか」

「大学生が純粋に好きだったその相手が、小学三年生の私だったんだよ。吐き気がする」

「彼の心は、ある意味じゃ今も小学三年生なんだよ。大学生の頃も、小学三年生の心でお前に勉強教えてたんだよ。彼はそういう子なんだ」

「……でも、私はそういう人とつきあえない。それは絶対に無理。そのくらいわかってよ。……ねえ、お父さんとお母さんは、私が邪魔なんじゃない？　あの人と結婚して、東京へ行っちゃえばいいと思ってるんじゃないの」

「そんなわけないじゃないか。お前と母さんと、三人一緒にいつまでも暮らせたら、どんなに幸せだろうと思うよ。父親はみんな同じ気持ちだよ」

「じゃあどうして、母さんと一緒になってこんなになるのに、籍も入れないの」

「それは……」

「いつでも元の家に帰れるようにでしょ。前の家族を捨てたように、私たちを捨てて、またどこかに行ってしまえるからでしょ。そうすればいいんだ。なぜそうしないの？」

「お前はなんてことを……」

玉枝が傷ついたように言った。麻衣子はおかまい無しで続けた。

「どんな理由があったか知らないけど、前の家族の心配とか考えないの？　私なら考える。私の本当のお父さんは、今頃どこで何してるだろうとか、どんな人だろうって。私は、私の本当の父親に会いたい。お父さんの本当の子どもだって、きっと同じこと考えてると思う」

「そんな酷いことをお父さんに言う権利はお前にはないよ」

玉枝の悲しげな声が、しんと静まりかえった恋園庵の庭先に響いた。ヒデコと力也は息を潜めて、その様子を見守っていた。

「どうしてよ。子どもは親を選べないんだよ。お母さんはお父さんを選んだかもしれないけれど、私は選んでないよ。それくらいのこと言う権利はあると思う。どうして私が、自分の本当の父親のこと考えちゃいけないの？　ねえ、私の本当のお父さんは誰なの？　どうして教えてくれないの？」

「麻衣子、もうやめなさい」

玉枝が静かに言った。

「そんなに知りたければ教えてあげる」

6

サンドネルコーヒーは試験終わりの高校生で混雑していた。約束の一時間前に店に着いた清太郎は、コーヒーをちびちびすすりながら彼らの会話に聞き耳を立てていた。

恋園庵にこの町始まって以来の、長い行列ができているというのだ。

「それでお前買えたの？　そのたこ焼き」

「最初のうちは何皿でも買えたんだよ。だから、列の前の方に並んでたコウイチにメールして五皿買ってもらってさ、サッカー部全員で食べた。ひとり三個しか食えなかったけどな。いや、旨かったのなんのって。外がカリカリで、中が熱っ熱のとろとろでさ。でっかいタコが入ってて、このタコがまたしこしこしてて旨いんよ。あ、やべ。話してたらまた喰いたくなってきた」

「いいなあ。まだやってるかな？」

「いや、さっき整理券配って、今日の分はもうおしまいだって。明日行く？」

「行こう、行こう。あの茶屋だよね、恋園神社の裏の、なんて言ったっけ？」

「恋園庵」

「わかった」

恋園庵？　たこ焼き？

最初は、彼らがいったい何を言っているのか理解できなかった。

けれど、恋園庵でたこ焼きと言えば、それは自分たちの屋台のことではないか。

今頃はまだ、力也とヒデコがたこ焼きをくるくるとひっくり返しているはずだ。

そのたこ焼き屋に何十メートルの行列？　そんなはずはない。何が起きているのだろう。

他のテーブルでも、たこ焼きの話でもちきりだった。極めつけは女子高生のグループで、後から入ってきたもうひとりの女子高生が、話題の恋園庵の大たこ焼きを買って持ってきたのだ。時ならぬ歓声が湧き上がり、サンドネルコーヒーの店内は大騒ぎになった。周りの客が「あれが例のたこ焼きだ」と、少女たちのテーブルをのぞきに行くほどだった。

少女たちは衆人環視の下で、美味しそうにたこ焼きをたいらげた。飲食店に食べ物の持ち込みは禁止のはずだが、店員がそのことを注意するのを忘れるほどの盛り上がりだった。

あいつらはいったい、何をやらかしたのか。

これが他の誰かと別の用事で待ち合わせていたのなら、清太郎は間違いなくそんなものはすっぽかして恋園庵に走っていたに違いない。

けれど、今日はそうはいかない。

この約束をすっぽかしてしまったら、次は二度とないだろう。彼女は明日には京都に帰ってしまう。今日は何がなんでも、もう一段階は仲良くなっておかなければならない。せめて電話番号を交換して、いつでも電話して話せるくらいの関係になっておかなければ。

なんで、あの子のことがこんなに気になるのか。それは、単に男の本能というだけでは片付けられない、深い意味があるような気がしてならなかった。もしかして、これが世間で言うところの赤い糸なのではなかろうか。俺と彼女は、赤い糸でつながっているんじゃなかろうか。

それにしても、やはり恋園庵のことが気になった。よりによって、なぜこんな日にこういうことが起きるのだろう。

恋園庵で、いったい何が起きたのか。知りたくて、見に行きたくて、やきもきしながら待っていたら、十分遅れで高島さつきがやって来た。

彼女は席に着くなり言った。

「ねえ、あなたたちの大たこ焼き、すごい評判やないですか。これから行ってみます？」

二人が恋園庵に着く頃、西の空は夕日で真っ赤に焼けていた。一年のうちでも、そう何回もなさそうな見事な夕焼けだ。たこ焼きの屋台にはブルーシートがかけられていて、行列は跡形もない。ブルーシートの陰から、薄闇が染み出していた。

「もう終わっちゃってるよ。みんなどこにいるんだろ、中かな」

そう言って茶屋の中に入ろうとした清太郎の袖を、薄闇から伸びてきた手が引っ張った。

「おわっ、な、なんだよ……。力也か？　力也じゃん」

力也が暗がりの中で、口に指をあてて「しーっ」と言っていた。

「清ちゃん、今、中に入っちゃだめ。こっちこっち」

闇の中に目をこらすと、縁台に人が座っている。

ヒデコに、初老の男、それに派手な身なりの金髪の外国人がいた。

「あれ、あんた……、車海老さん？」

「おお、ボン。ようやく会えましたな。ご無沙汰しとります」

「いやいや、こちらこそ。おじさん、親父の葬式では世話になりました」

「あのくらい当たり前のことやがな。あれ？」

そう言うと車海老は、清太郎の隣に立っているさつきに目をこらした。

「あれ、さつきさんやないの。なんで、ボンと一緒なの？」

「えっ？　車海老さん、さつきちゃんのこと知ってるの？」

「なんでって、なあ……。あ、ボン、その話の前に、紹介しときます。これ、秘書のエレーナです。こう見えても、うちの酒造会社の社員です」

「エレーナです。ヨロシュウに」

「は、はあ」

「ほんとはスパイですねん」

車海老が、清太郎の耳元で囁いた。

「うちの専務、って、わてのカミさんのことやけど、あれがわての素行を監視するために送り込んだんですわ。もとは三宮のロシアンパブで働いてました。ほんまは、ロシア人やのうてブラジル人やねんけどな。

昔、こいつのいた店にわてがようけ通ったことがあるんですが、どこでどうやって調べたか、うちのカミさんがその店探し出したらしくてね。金の力で辞めさせたんでしょうな。いなくなったなあと思ってたんです。そしたらある日、こいつがウチの会社に机もらって、働いてたんですよ。いや、びっくりしましたわ。あ、こんな私の話はどうでもいいですね。この非常事態に」

「非常事態？」

「玉枝はんがな……」車海老が茶屋を見ながら言った。

「さっき中で、麻衣子ちゃんにほんまの父親のこと話すって。六郎さんも一緒に」

「ええっ、マジっすか？」

清太郎は、心底驚いた。麻衣子の父親が誰なのか、それは絶対のタブーとされていた。玉枝以外は誰も知らない。彼女といちばん親しかった虎蔵でさえも知らなかったはずだ。

「いや、ほんまに話したかどうかはわかりません。玉枝はんと六郎はんは、ものの十分で出てきはって、ご自宅へ帰らはった。麻衣子はんだけが、まだ中にいてますねん。そっとしておいて欲しいって、玉枝はんが言うもんやから、わてらこうしてここにいるんです」

清太郎が腕組みをした。

「うーん、だけどなんで今日なんだろう。なんでこの二十年間封印されてたのに、よりによって今日のこの日に、その話がまた出てきたの？」

ヒデコが答えた。

「まあ、今日はいろいろあったんだよ。麻衣子ちゃんの昔の家庭教師がいぎなり訪ねてきてプロポーズしたりさ」

「昔の家庭教師って……、もしかしてナメリカワって言わなかったか、その人」

「ああ、そんな名前だった。この春助教授になったんだって」

「やっぱ滑川さんか。その人、俺より年上だぞ。そろそろおっさんじゃねえか。昔っから、おっさんぽかったけど……。だけどなんで、その滑川さんが麻衣子ちゃんにプロポーズよ。そりゃ、麻衣子ちゃんビビるって」

「だがら、いろいろあったんだべ」

「それで、麻衣子ちゃんは？　大丈夫なの？」

「いや、わがんないよ。でも、そっとしといてって、玉枝さんが言うくらいだから、大丈夫なんじゃねえか」

「お前ら、心配じゃねえのかよ」

じれったそうに清太郎が言った。

「心配だから、みんなここでこうしてんの」

「あの……」

ずっと黙って話を聞いていたさつきが口を開き、全員の目がいっせいにそそがれた。

「その麻衣子さんって、ろく……六郎さんの娘さんですか、ここの恋園庵の？」

「ああ、そうだよ。昨日、話したじゃない。さつきちゃんの部屋で。お酒飲みながら、さ」

鼻の下を伸ばしかけた清太郎を睨みながら、ヒデコが吐き捨てるように言った。

「ずいぶんといろんなごど、話したみだいだね。余所の家の話をさ」

「なんだよ、どういう意味だよ」

「そのまんまの意味だよ。このお喋りが！」

そう言うと、ヒデコはさつきの方を向いた。

「いっこだけ言っていい。清太郎はさ、もう三十目前のいい大人だけどさ、中身はそごらへんの中学生とたいして変わんないのよ。綺麗な女の人にちょっと声かけられただけで、舞い上がっちゃうの。だがらあんまりからかわないでくれる？　清太郎に近づいたのは、なんか他に目的があんでしょ。一緒にご飯食べたり、一夜を過ごしたりするのは別にぜんぜんいいけどさ、それを先に言ってやってくんねえがな、このバカに。あたしの勘違いだったら謝っけどさ、あんたほんとに写真撮る人なの？」

「え？」

「だって、ぜんぜん写真なんか撮ってないじゃん。社務所にもさ、顔出してないでしょ。『どこで撮影の許可取るんですか？』って聞いだくせに」

喰ってかかりそうなヒデコとさつきの間に、清太郎が慌てて割り込んだ。

「ヒデコ、ちょっと待てよ。お前、何言い出すんだよ」

ヒデコはきっぱりとした口調で言った。

「清太郎、あんたちょっと黙ってて。あのさ、さつきさん。あんたこいづにいろいろ聞いですでに知ってんだろうげど、ここの恋園庵やってる玉枝さんと六郎さんと麻衣子ちゃんの家族はさ、複雑な関係なのよ。その上、今かなりの危機に瀕してんの。

将棋崩しってやったことある？　将棋の駒を山にして、指一本で駒を一つずつ取ってくやづ。あれの最終段階みたいなどごに来てんのよ。誰かがどごかを、ちょっとでも突っついたら、ガラガラガッシャン。はい、ジ・エンドみたいな。

いや、どんな家族にも終わりは絶対あるわげでさ、たいていいつかはバラバラになっちゃうわげだし。あたしだって、ここの家族が未来永劫幸せに続きますように、なんてことを祈ってるわげじゃないよ。あたし、ここに厄介になるようになってまだ一年しか経ってねえし、力也や清太郎みだいに家族同然のつきあいしてるわげでもねえし、そう言っちゃあれだげど、だからそんなに義理もないよ。

ないけどさ、今、ここで壊しちゃいけないんじゃないかなあって気がすんだ。なんでだがわかんないけど、今ここでこの家族を壊すってことは、人間にとっての何かとっても大切なモノを壊すことと同んなじなんじゃねえがなあって、ここの人たち見てて思ったんだよ。

でさ、そう思ってるのは、あたしだけじゃない。ここにいるみんなが、そう思ってんの。さつきさん、あんたが何のためにここに来たのかわかんないげど、そっとしといてくんないかな、ここの人たちのこと」

一気にまくしたてるヒデコを、じっと見つめていたさつきが静かに言った。

「人間にとっての大切なものってなんですか？　家族がいつかはバラバラになって壊れるものならどうして、この家族だけは特別で、壊しちゃあかんのですか。この家族を守るために、他の家族を犠牲にしてもええんですか」

さつきの目に、涙がにじんでいた。ヒデコがその涙に気づいて、はっとした顔になった。

「さつきさん、あんたもしかして……」

さつきはハンカチで目尻を押さえると、小さく頷いた。

「……はい」

「なるほど、そうだったのが……」

ヒデコは腕組みをすると、口を一文字に結んでじっとさつきを見つめた。

「そう言えば、似でるよね。目元の感じとか」

そう言ってヒデコは、車海老に目をやった。車海老は、ゆっくりと頷いた。

清太郎には、二人が何を言っているのかわからなかった。

「な、なんだよ。何がもしかしてだよ。何が似てるんだよ」

呆れたという顔で、ヒデコは清太郎を見つめた。

「あんた、まだわがんないの。この人はね」

ヒデコはさつきを見ながら言った。

「さつきさん、自分でちゃんと教えてやりなよ。この鈍感野郎にさ」

頷いたさつきの頬は、青白く光っていた。

「あの、清太郎さん……。私は……。私は、ここでお世話になってる東雲六郎の、ほんまの娘なんです」

「え?」

声を上げたのは、力也だった。

清太郎はあんぐりと口を開けたまま、固まっていた。

さつきはその清太郎を真っ直ぐ見つめて言った。

「はい。東雲六郎は母と私を捨てて、蒸発した私の父なんです。私はその父を探して、ここまで来ました。清太郎さん、黙っててごめんなさい」

そう言うと、さつきは清太郎に深々と頭を下げた。

それから頭を上げ、一同を睨むようにして言った。

「なんのためにここに来たのかって、言わはりましたよね。お答えします。この家族を、ぶち壊しに来たんです。麻衣子さんと玉枝さんから、父を奪い返しに来たんです」


恋園庵の店先の薄闇を静寂が満たしていた。

しばらく誰も何も言えなかった、物音を立てることすら憚られた。

その重苦しい静寂の中で、独り言を呟くようにヒデコが言った。

「奪い返しに来たって……。いったい何年前の話よ。それに、誰も六郎さんのこと奪ってなんかねえと思うけど……」

さつきが顔を上げ、ヒデコをきっと睨む。

ヒデコは顎を上げ、さつきを見返す。

一触即発の不穏な空気が流れたが、さつきとヒデコが口を開く前に、車海老が縁台から立ち上がり、二人の間に割って入るようにして話を始めた。

「まあまあ、そんな喧嘩腰になっても、ええことはなんもあらしませんて。ここらで、ちょっと頭冷やしましょうや。

ヒデコはん、さつきはん、わてはひょんなことからここの家族ができ上がった最初から、玉枝はんと六郎はんにはひとかたならぬ世話になったもんなんです。清太郎のボンのお父上、虎蔵さんのおかげでね。

長くなるかもしれませんが、今からちょっと昔話をさしてもらいます。たぶん横道にそれるかもしれませんが、私自身の話もします。わてがどうして、二人の人生にかかわることになったのかも聞いていただかないと、わかってもらえないと思うから。それを聞いて、この話をどう収めたらいいか、それぞれに思案しはったらいかがですか。ボンにも、ここまでの話をしたことはありまへんで」

そう言って車海老は一同を見回した。

車海老ののんびりとした口調に気勢をそがれて、ヒデコが軽く肩をすくめた。さつきも、大きな息を一つついて頷いた。

清太郎と力也は、緊迫した雰囲気が解けたことに安堵した様子で、こくこくと頷いた。

誰も異論を挟まないことを確認すると、縁台に腰掛け、ポケットからパイプと煙草の葉を取り出した。煙草の葉をパイプに詰めながら、ゆっくりと話を始めた。

「わてがこの土地にやって来たときには、三十五歳になってました。十代の頃、料理人の修業を始めたんやけど、怠けもんで根性無しの性格がたたって、最初に勤めた店を追い出され、それから日本全国あちこちの店を転々としとったんです。その時分は、料理修業の流れ旅だなんて格好いいこと言っとりましたが、ほんまはただの転落人生やったんです……」

7

そう言うと、車海老は自分の身の上を語り始めた――。

失敗したり、何かに我慢ができなかったり、単に飽きが来たり……。理由はいろいろあったけれど、一つの店に半年といることができず、あっちへ流れ、こっちへ流れするうちに、どんどん車海老を雇ってくれる店の程度は落ちていった。

そして気がついたら、それより下の店は、どこにもなくなっていた。車海老は身寄りがないようなものだったから、帰れる家もなく、ついには浮浪者の暮らしをしていたと言う。

「浮浪者になって、なんでこの町に来たわけ?」

清太郎が聞いた。車海老は、苦笑いを浮かべた。

「いやほんまに、ほんの出来心なんです。無銭乗車した電車で、夏祭りがあるという話を小耳に挟んで、なんにも考えんと、ふらーっとここの駅で降りたんです。

祭りの後の町には、小銭が結構落ちてるんですわ。夜中じゅう歩けば、千円二千円は拾うことができる。まあ、多少の経験は必要ですがね。自動販売機の下をのぞくとか、側溝の蓋を開けるとか。季節によっても、お祭りの種類によっても、場所は変わります。一万円札を拾うこともあるんですよ。

わかってます、落とし物の金をガメるのは、そら罪ですわ。けどね、人間そこまで落ちても、やっぱりプライドがあるんです。同じ罪かもわからんけど、誰かが落とした金を拾い集めるのは、私の中ではまだ許せる罪だったたんです。

道に落ちた金は拾っても、盗みは絶対にしない。その一線だけは守ろうと、自分なりに頑張っていたんですけどね、まあ弱い人間だったたんですな。偉そうにプライドなんて言ってても結局はその一線を越えてしまったんです。それが、ボン、虎蔵はんのボストンバッグやったんです。

そう言えば、そのボストンバッグはわてが今座ってるこの下に、ポンと置いてあったんですわ。偶然ですなあ。まさにここで、ボストンバッグを漁ってるところを虎蔵はんに見つかって、ぼこぼこに殴られましたけど、その代わり一張羅のシャツとズボンをくれました。そんな格好じゃ、飯屋にも入れないだろうって。なんでかしらんけど、わてがなんでそのボストンバッグ漁ったか、わかってはったんですね」

車海老はそこで話を切り、もう一度パイプに火をつけた。

「わては、虎蔵さんのシャツとズボンに着替えて、お祭りで拾ったお金を握りしめて、駅南にあった南口食堂いう飯屋に行ったんです。昨日久しぶりに行ってみたら、コンビニになってましたけどな。安っすい店なんですけど、その店の大将の料理の腕が確かで、しかもサービスがごっつうええと評判でした。なにしろビールでも日本酒でも、一本頼むごとに小さなおつまみをつけてくれはるんです。

忘れもしまへん、わてはあの日、ビール二本と日本酒を一合飲みました。細かく言うと、生ビールの大ジョッキが一杯、瓶ビールが一本、それから日本酒です。一杯目の生ビール大ジョッキのつまみは、コロッケでした。揚げたての香ばしいコロッケが二つ、千切りのキャベツの上に乗ってました。最初の一個はソースもなんもかけんと、そのままかぶりつきました。揚げ油には上質のラードを使こてはるんです、大将は。そやから衣が、ほんまにええ具合の濃いめのきつね色に揚がってて。前歯でその衣を噛むとサクッという小気味のええ音がして、口の中に、ホクホクのジャガイモの甘い香りが広がりましてな、それはもうたまらんです。ごっつい空きっ腹でしたから、なおさらですわ。無我夢中で一個目を食べて、それから……。

あ、そうや、思い出しましたわ。おつまみはコロッケが二個じゃなくて、一個ですわ。そらそうですよ、一杯三百五十円の大生ビールにただでおつまみつけてくらはるんですから、あんな美味しい手作りコロッケ二個は、なんぼなんでも無理です。あんときのおつまみは、小皿にキャベツの千切りが乗ってて、その上にコロッケが一つですわ。横に、マヨネーズであえたマカロニが三本添えてありました。

それだけでも、コロッケの箸休めにちょうどええんです。コロッケを一口食べて、マカロニを一つ口の中に放り込んで、マヨネーズの味で口の中をさっぱりさせて、またコロッケ食べて、それからキンキンに冷えた生ビールをごくりと飲んで。あの店は、ビールのジョッキを冷凍庫で凍らせて出してはったんです。今は珍しくもないけれど、当時は珍しかった。

ああ美味しいなあ、なんて美味しいんやろって、無我夢中って言いましたけど、実際にはちびちびちびちびコロッケと生ビールを味わってたんやと思います。この時間が永遠に続いてくれたらええと思いながらね。そやけど、あまりにもお腹が空いてたもんで、ビール半分も飲まんうちに、気がついたらコロッケ食べ切ってたんです。

　そしたら店の大将がゲンさん、沢田元一って方なんですがね、コロッケがなくなって、すっかり寂しくなった千切りキャベツの草原の上に、丸々太った小牛のような揚げたてのコロッケを、もう一個ポンと置いてくれはったんですわ。なんにも言わんと。わては大将に手を合わせて、今度のコロッケにはウスターソースをかけました。いや、たっぷりじゃないです。ウスターソースがどばっと出て、コロッケを台無しにしてしまわないように細心の注意を払って、くるくるっと三周、コロッケの上に細いウスターソースの線で、渦を描きました。

　コロッケの香ばしい衣に、ほんの少しウスターソースが混じるというくらいが、ベストバランスなんですわ。コロッケ一個食べて、ちょっとお腹も落ち着いたところですからな、今度こそ、ゆったりとした気分で、ウスターソースの深い旨みの加わったコロッケを、じっくりと味わいながら一杯目の生ビールを飲み終えました……」

　誰かがゴクリと喉を鳴らした。力也だった。車海老は口元をゆるめた。

「それで、どうしたんです？」

　清太郎が先を急かした。

「ほんで、次は瓶ビールに切り替えました。こっちの方が、落ち着いてビールを味わえます。二番目のおつまみは、ツルムラサキのおひたしでした。ツルムラサキって知ってはりますか？　ほうれん草に似てるけど、茎が紫色した、土臭い香りのする夏の葉野菜です。これをあっさりしたおひたしにしてましした。ひたひたの出汁が張ってありましてな。

わてはこのツルムラサキが大好きでしてな。出汁ごと冷たく冷やしてあって、夏の冷たいビールのあてには最高です。ああ旨いなあと、これこそが生きる喜びやと。そんなこと思いながら、瓶ビール飲み終わりましてな。次は、日本酒を頼みました。

白隼の日向燗（ひなたかん）です。日向燗いうのは、日向くらいの温度、そうですね三十度くらいにぬくめた、人肌燗よりもさらにぬるいお燗ですわ。いや、普通の飲み屋でそんな日向燗なんて気障なもん頼ましませんわ。出来心です。噂通り、南口食堂はたいした店でした。

つまみは言うに及ばず、ビールの冷やし方も、コップの洗いも完璧でした。安っすい店ですし、内装はちっとも豪華じゃありませんよ。テーブルも椅子も、デコラ板とビニールと鉄パイプでできた安もんです。器も量産品の安もんばっかです。コップはビール会社の名前の入った販促品やしね。せやけど、隅々までぴしーっと掃除がしてあって、箸立ても、醤油差しも、同じ間隔で並んでて。ベニヤ板のテーブルでも、ほんまもんの料理が出せるのが日本料理のええとこなんです。

なんや本格的に話が横道にそれてしまいましたな。でもまあ、話のついでです。もう少し、わての話を続けさしてもらっても、ええですか？」

喰いしん坊の、清太郎と力也がうんうんと頷いた。ヒデコとさつきも頷いた。

「ほんで、その白隼の日向燗についてきたおつまみが、いくらの醤油漬けやったんです。旬にはちょっと間がありましたけど、まあはしりのいくらでんな。もちろん大将の手作りですわ。筋子の薄皮を外して醤油と酒に漬けるんです。薄皮を外すって、簡単に言いましたけど、これがけっこう手間のかかる仕事なんです。こういうもんをサービスのつまみで出しとるゆうだけで、どんな店かわかりますわ。金儲けで商売してんのとちゃいまんねん。

いや、もちろんそれでおまんま喰うてるわけですよ、大将にしたって。だけど、仕事の喜びは、別のとこにあるんです。なんやと思います?」

車海老の突然の問いに、そこにいた全員がお互いの顔を見合わせた。力也は首を傾げ、清太郎は肩をすくめた。

「それはな、べたですけどな、お客さんの喜ぶ顔なんです。驚く顔なんですよ。『なんやこれ、旨いな』『ああ美味しいなあ』って、お客さんが嬉しそうな顔するのが見たいばっかりに、自分の寝る時間削ってまで仕事してるんです。喜ぶ顔ったって、そんなもん一瞬ですよ、特にあんな安っすい店に来るような客は、お腹を満たしに来るわけやから。酒を飲むにしたって、質より量ですよ、ああいう店は。

それでも、大将は、美味しいものを出してはった。その美味しいもの食べて、美味しい酒飲んで、お客が一瞬、驚いたり、喜んだりするんです。口に出して『旨いっ』と叫ぶ客も中にはいますけど、ぜんぜん何も言わない客もおる。そういう客の方が普通でしょう。

でもね、目は輝くんです。人っていうのは、ほんまに旨いもん食べると。どんな無口な人でもその人なりの、『旨えなあ』という表情があって、大将はそれを、包丁仕事しながらちらっちらっと横目で見てました。人を喜ばせんのが、あの大将の生きがいやったんです。

それでそのいくらの醤油漬けやけど、これがまた粋な代物でした。いくらの下に、ほんのちょこっとだけご飯が盛ってあったんです。それもかき混ぜる前の、炊きたてご飯のいちばん上のひとすくい、まだ蒸し終わっとらん、表面がちょっとびちゃっとして、中に芯があるようなご飯ですわ。ほんまもんの懐石料理のいっとう最初に出てきますやろ、あの炊きたての米がいくらの下に敷いてある。いくらはほんのわずかですわ。何粒と数えられるくらい。はしりのいくらやからその粒も小さいけど、皮は口に入れた瞬間に溶けてしまうくらい薄くてね。こんなもん、場末の飲み屋で出てくるようなもんとちゃいまっせ。なんやこれはと、ここはどこやと。わてはもう陶然となって、そのいくらとご飯を味わいました。もう酒を飲むことも忘れてね。

そのときですわ、わてはとんでもないことをしてしまったんです」

「わかった」

清太郎が素っ頓狂な声を上げ、みんなの視線が集まった。

「わかった。ゲップでもしたんだろ。大きな音たてて。ビール飲みすぎてたし」

ヒデコが呆れたという顔で、さっきと視線を交わす。さつきも、「しょうがないわね」という笑顔を向けた。それから二人とも、さっきまで言い争っていたことを思い出し、決まり悪そうに視線をそらした。その様子を見ていた車海老は、また笑みを浮かべ話を続けた。

「首を傾げたんですわ。わては大将の目の前に座らされてました。大将はだいたい下向いて仕事してて、あまり客の方を見てまへんけど、ちゃーんと見てるのはわかってました。ビールを飲み終えて、お酒頼もうかなあと思って大将の方を見ると、ぱちっと目が合うんです。下向いて仕事してても、店の中全部が大将には見えてるんです。それがわかっていながら、首を傾げてしまった。

いくらもご飯も完璧なんです。ほんの少しのご飯を添えたのは、いくらと醤油の旨みを完結させるためやと思います。米もね、使いようによっては、最高の酒のつまみになるんですよ。あのいくらと米の組み合わせは、白隼の日向燗のつまみとして、完璧でした」

「いるよなあ、そういうやつ。首傾げんだよね、なんにでも。首傾げてさ、自分の方が優位に立ってることを示そうとすんの。自分は、なーんにもしてねえくせにさ。いちゃもんつけて……」

清太郎が言いつのると、さつきがそっとその二の腕に手をかけた。

「そやね。ようわかる。そういう人いますよね。でも、今は少し黙って話聞きません？」

そうだという目で、ヒデコも清太郎を睨みつけた。

車海老がとりなすような口調になった。

「いや、ほんまそうですわ。わてがバカなことしたんです」

「でも、なんで？」

さつきが不思議そうに聞いた。

「大将はそのいくらの上に海苔の細切りを、これまたほんの少しだけかけていたんですけどね、この海苔にひっかかったんです。海苔の質は悪いもんやなかったですよ、ただ、わての口には、この海苔が太かった。いくらとご飯が繊細なだけに、海苔のかけらが口の中に残ったんです。この場合の海苔は、一ミリでも太い。せめて一ミリの二分の一か、三分の一に細く切れば、いくらと同じように、口の中に入れた瞬間に海苔がほどけて、香りだけがふわっとたつのになと、そうしたらほんとに完璧なのになと、思いながら首を傾げてしまったんです。いや、意識して傾げたわけやないんで、自分でもそんなこと忘れてました。大将だけが憶えていたんです。

それで私が酒を飲み終えて、お勘定をしようとしたときに、大将に聞かれたんですわ。『お客さん、先ほど首を傾げておられましたね。その理由を聞かせてもらえませんか』って。

慌てましたわ。最初はなんのことやらわからんで、次にはそれがいくらを食べたときのことだと思い出してからは、こんなすごい料理人に対して、なんて生半可なことをしてしまったんだという思いで。そんで、すんません、って頭下げたんです。わてのような半端者が、こんなに誠実なええ仕事してる店で、あんな美味しいもの食べさしてもらいながら、首傾げるなんて、生意気なことしてすんません。まあ、そんなような内容のことを、しどろもどろに言ったんです。

でも、親方はそれではうんと言わなかった。どうしても教えて欲しい言うんです。自分の料理が、旨いって思ってくれたなら、頼むから教えて欲しいって。

それで、仕方なしに言いました。いくらの海苔をあとわずか、ほんのちょっとだけ細く切ったら、完璧やのになあて思ったんですって。

そしたら大将が、鋏持ってきたんです。どれくらい細う切ったらいいかって。ほんで、切って見せたんです。わては怠け者の半端な料理人ですけど、そういうことだけは得意だったんです。わての親父の店、最初にわてが勤めた店では、よう昆布とかスルメイカを細う切らされてました。お正月の松前漬け作るためにね。いや、今わかりました。考えてみれば、板長はわての得意なことちゃんと見抜いて、そんでやらしてくらはったんですな。ま、それは余計な話やけど。

あんときほど一所懸命海苔切ったことはありません。全身全霊で海苔切りました。ちょっとしたコツがあります。細う切ろう思ったらだめなんです。海苔に対して鋏の刃を直角に立てて、海苔の端っこにその刃を押しつけながら、切ろうと思わずにただ鋏の刃だけを動かすんですわ。よう切れる鋏でこれをやると、煙の一筋くらいに細い海苔が切れる。親方の鋏はよう手入れしてはりましたからな、今まででもいちばんくらい細い海苔が切れた。たぶん一本の海苔の太さは、一ミリの十分の一ほどやったと思います。ちょっと手を動かしただけで、飛んでしまいそうな、ふわふわの海苔の細切りができました。

大将はそれをつまむと口の中に入れて味わってはりました。それから、黙って板場に入って、米を研ぎ始めたんです。ほんで米炊いて、わてに出してくらはったように、その炊きたてのいちばん上のひとすくいを小皿に盛って、タッパーからいくらを出してスプーンですくってのっけて、そいでわての切ったそのふわふわの海苔をかけて、ぱくりと一口で食べはったんです。恐い顔でもぐもぐと噛んでましたわ。噛んでるうちに、ゆっくりと頬っぺたの筋肉がゆるんでいきました。満面の笑みちゅうのは、あの顔でんな。ほんで言いました。『旨いなあ、これ』って。あの顔をわては今も忘れません。死ぬときに思い出すのも、あの顔ちゃいますやろか。

『いや、お客さん、ありがとうございます。今日はほんまにええ勉強さしてもらいました』ってな、いや関西弁やなしに、こっちの言葉で仰って、深々と頭を下げはったんです。

そんときわては咄嗟にな、それまで考えてもいなかったことしてました。その場に土下座して、大将に『この店で使こてもらえまへんやろか。洗いもんでも、ゴミ捨てでもなんでもやります。給金をくださいなんて、贅沢なことは言いまへん』てな。ただ自分は宿無しで、ここの払いをしたら、あとは五百円玉一個しかない文無しやから、夜警も兼ねて、この店の片隅で寝かせてもらえませんやろかと、自分のこと洗いざらい話して、頼み込んでたんです。

いや、そんなことしたんは初めてですわ。文無し宿無しになっても、なんやバカなプライドちゅうもんがあって、よう知りもせん人に、そんな土下座して働かせてくれなんて、頼むことなんてできしません。最低の店に雇ってもらうときでも、新聞広告とか、貼り紙とか見て、電話して行ってました。何回も使こうてくっちゃくちゃになった履歴書持ってな。

大将はしばらく腕組みして考え込んではりました。

それから、諦めたようなため息を一つついて、『わかりました』と言わはった。『そんなら、今日から働きますか?』って。いやもう、これが天にも昇る気持ちちゅうやつやと。大喜びで『はいっ』と答えると『じゃあ、テーブル拭いてくれ』って。

わてが最後の客になってました。大将は板場で台拭きを洗って、ぎゅっと絞ると、ポンと私の手に握らせてくれました。

そんとき不思議なことが起きたんです。その一瞬で、わては生まれ変わったんです。

そこが道端のどぶなのか、泥沼なのか、それとも断崖絶壁なのか、どこかもわからんような暗い場所をとぼとぼとぼとぼ歩いてたら、あるときパッパッパって目の前に照明がついていったようなもんですわ。その灯に照らされて、自分の前に一本の道がどこまでも伸びているのが見えたんです。その大将がきりっと絞って渡してくれた木綿の台拭きをこの手でつかんだ瞬間に、自分がこれから何をすればいいのかが全部見えました。

いや、これはちょっと大袈裟な言い方してしまいましたかな。見えたゆうても、そんなたいしたことやおまへん。テーブルはどう拭けばいいのか、拭きながら、箸立てや醤油差しを持ち上げて、その下も拭かなならんとか。それやったらテーブルを拭き始める前に、テーブルの上に載ってるものを全部一旦、こっちのテーブルに直しといて、箸立てやら醤油差しやらを拭いて、箸や醤油を補給して、テーブルをきちっと拭いて、大将が並べたんと同じ位置に、等間隔にきちっと並べた方がいいやろなとかいうことが全部、頭の中にぱぱっと浮かんだんです。

箸はぎちぎちに詰めると、最初のお客さんが抜くときに往生するから量は八分目がいいだろなとか、醤油差しのキッコーマンのマークは全部こっち向けといた方が気持ちいいやろなとか。まあ、そういう細かなことですわ。大将がテーブルやカウンターのどこに醤油差しや箸立て置いてたかは、そのときには全部頭に入ってました。とても理にかなっていたので、なるほどなあと思って見ていたから、覚えようなんて思わなくても頭に入ってたんです。ビールをちびちび飲みながら、この店はほんまにええなあと感動してるうちに、店の何もかもが脳みそに刻み込まれてたんです。

わては南口食堂で五年働きましたが、大将に何かしろて言われたのは、後にも先にもあの最初の『テーブル拭いてくれ』だけでした。自分が次、何をすればいいか、大将に言われんでも、ほんまに全部わかったんです。

不器用で、怠けもんで、なんもかんもが中途半端な料理人だった車海老貫一は、あの台拭きを渡された瞬間に、どこかへ消えました。

南口食堂はそれまで何から何まで大将がひとりでやってました。せやから営業は昼の十二時から中休みなしで夜の八時半まででした。お客さんがどんどん入るから、遅うまで店開けとく必要がなかったんです。わてが働かせてもらうことになった翌日から、大将は店の営業時間を一時間だけ延ばして九時半までにしました。わての喰い扶持を稼ぐためでした。そらお客さんたちは大喜びですよ。ゲンさんの食堂は、安いし旨いし最高なんやけど、終わるのが早ようておちおち飲んでられへんのが玉に瑕やて、常連のお客さんはみんな言うてはったそうです。

箸立てや醤油差しを拭いて、箸や醤油を補給して、テーブルをきゅっきゅっと拭いて、台拭きを絞って、椅子をきちんと並べ直して……。わてがどんどん動くのをじっと見てた大将が、きりのいいところでぼそりと言わはりました。『風呂、行くか』って。

南口食堂と川を挟んで反対側に、今パチンコ屋とサウナになってるビルがありますやろ。あっこが銭湯だったんです。そこ行こうって。途中で洋品店に寄って、手ぬぐいとパンツとシャツとサンダル買うてくれはった。

二人並んで銭湯の湯に浸かりながら、「臭かった」て、大将に笑いながら言われました。

お金をケチったんです。虎蔵さんにシャツとズボンもらったときは、これから銭湯行ってカラダ綺麗にしてから、南口食堂行こう思てたんです。もう何ヶ月も風呂入ってませんでしたからな、自分がとんでもなく臭いであろうことはようわかってたんです。『であろう』なんて、他人事みたいですけどな、ほんま自分の臭いゆうのはわからんもんなんですわ。臭くてもわからなくなる。ただ、どっかで人とすれ違ったときとか、拾ったお金で電車に乗ったときに、周りの人の目つきとか動きで、ああ自分は臭いんやろなあてわかるんです。

ほんで、臭いのわかってたから、綺麗にせな、食べ物屋なんて入れんと思てたんです。でも、いざそのときになると、あのときなんぼでしたかな、二百三十円か、その銭湯代払うの惜しくなったんです。そんでいつものように公園行って、公園の水飲み場で上半身裸になって、顔洗って、頭洗って、脇の下とか背中と足の指とかな、自分の手の届く限り洗えるとこだけ洗うて、それまで着てたボロボロの服でカラダ拭いて風呂の代わりにしたんです。洗濯したての虎蔵さんのズボンとシャツ着れば、なんとかなるやろて、思てしまたんですな。

せやけど、ぜんぜんなんともなってなかった。店入ったときから、臭ってたって。わては飲み喰いに夢中で気がつかんかったけど、他の客も気づいてたやろて。

そう言えば、店に入ったとき、わては最初隅っこの席に座ろうとしたんです。そしたら、大将にこちらへどうぞって言われて、大将の目の前の、カウンターのいちばんええ席に座らされたんです。なんや胡散臭い奴が入ってきたという目でわてを見てた他の客も、それでしまいですわ。もし隅っこの席でおどおど飲んでたら、『くっさいなあ』とか、からかう客もいてたかもわかりません。でも大将があの席に座らせたんなら、それは客として認められたゆうことですから。なんやちょっと臭うけど、まあなんや事情があんねやろ、てなもんですわ。

大将は客に対して大きな声出したり、客を追い出したりするような料理人ではありませんでしたけど、なんて言えばええんやろ、お客さんたちからちょっと恐れられてるようなとこがあったんです。

酒出す店やし、来る客はどっちかと言えば労働者が多いわけで、もちろん気取った店やおまへんし、腕っ節の強い奴や暴れん坊も中にはいるわけです。そやのに、どうしたもんかあの店で客が騒ぐゆうことは、まずなかった。

大将には、なんや底知れんところがあって、ほんとに危ない人っていますやろ、そういう人ほど大将を恐れていて、あの店では借りてきた猫みたいに、おとなしゅう飲んでました。大将は、ほんまもんの大将やったんです。その大将が自分の目の前の席に座らせて、酒飲ませてんねやったら、臭かろうが、汚かろうが、誰もその人間に文句を言わないというわけですわ。

『すんません』って大将に謝って、それから、それまでのわての人生を話したんです。いつの間にか、銭湯の他のお客さんまでがみんな、しーんと黙ってわての話を聞いてました。その日からわては町の有名人ですわ。南口食堂に転がり込んだ、浮浪者の兄ちゃんって。はは、まあ、その話はいいんですが、そんとき銭湯で出会ったんが、六郎さんやったんです。ようやく六郎はんの話にたどりつきましたな」

そう言うと、車海老はポケットから道具を出して、冷え切ったパイプの灰を掻き出して、新しい葉をパイプに詰めた。その間、誰も一言も喋らなかった。黙って、車海老の手元を見つめていた。車海老は、マッチを擦り、パイプに火をつけ、青い煙をふっーっと吐くと、話の続きを始めた。

「六郎はんはわての話を聞いてなかったと思います。洗い場でカラダも洗わんと、ぼーっと空中を眺めてました。五分とか十分とか。あんまり長い間そうしてるもんやから、誰かが『おっちゃん大丈夫?』て、肩叩いたくらいです。そしたらふっと我に返ったような顔になって、今度は湯船に浸かるんですけど、そこでもぼーっと風呂屋の天井を見てる。

……どう見ても様子がおかしかったんです。おかしかったんも当たり前です。ついさっきまで、六郎はんは首吊ろう思て、恋園神社の境内をうろうろしてはったんですから。いや、そのことは後になって、六郎はんから聞かされたんですけどな。ほんでも、なんにも聞かんでも、ほっといたらこの人死んでしまうやろなあって、なんとなくわかりました。

ええ、わては自殺しようと思たことはありません。そこまで真剣にはな。でも、その一歩手前までは何度も行ってました。このまま死んでしまったら、楽やろなあって、何度思たことか。せやから、すぐわかったんです。

どうしても気になって、わては大将に『あの人あぶないでっせ』ってそっと知らせました。大将も気になってたみたいで、『とにかくあの人がどこへ行くか、それだけでも見届けようか』言うて、それからは長風呂ですわ。なにせ六郎はんは、ぼーっとしてますからな。ぼーっと風呂入って、ぼーっと頭洗うて、ぼーっとカラダ洗ってですからな。その間に、わての人生の洗いざらいを、大将に聞かせたみたいなもんです。

ほんで、ようやく六郎はん、風呂から上がって脱衣場に戻ったんですけど、籠ん中に入ってたのが、わての籠と一緒。駅前の洋品店の名前の入った、紙袋ですわ。六郎はんも買ったばっかりのパンツだの、シャツだのを着てました。わての場合は買ったんやなくて、買ってもろた、なんですけどな。買ったばかりのこざっぱりした身なりに着替えて、番台の横通って出ていく六郎はんの後に続いて出たら、そこに玉枝はんが立ってたんです。

『あれー』って。あんときはびっくりしましたわ。バツが悪いって言うた方がええですか。だって、ついさっき、玉枝はんの茶屋の前で、虎蔵さんのカバン漁ってたとこ見つかって、ぼこぼこにされてたとこでしたからな。

『あんた、こんなとこで何してんの？』って、玉枝はんも驚いてました。

かくかくしかじかで、大将の店で働かせてもらうことになりましたって話をしたら、玉枝はん、すごい喜んでくれはりました。さっき会うたばかりやのに、『この人のことよろしくお願いします』て、大将に頭下げてくれはったくらいです。

でも、わてがもっと驚いたのは、玉枝はんが風呂の外で六郎はんを待ってはったってことです。着の身着のままで蒸発して、何日もあちこちを放浪して、わてみたいにどろどろになってたんですわ、六郎はん。そんで玉枝はんは、この恋園庵の二階でとにかく寝起きさせるようにしはったんですけど、ここは風呂がないですやろ、そんで駅前の洋品店で清潔な下着と服買うてやって、銭湯まで連れてきて、出てくるの外で待ってはったんです。そのまま放っておいたら、またどっかへふらふらと行ってしまって、首くくろうとするのを心配してたんですな。

もっとも、わてはそんなこととは露知りません。玉枝はんはそんとき確か二十四歳、六郎はんはまだ三十過ぎくらいやったと思うけど、もうけっこう髪が薄くなってたんでかなり歳とって見えたんです。最初は、玉枝はんのお父さんかと思ったぐらいですから。

せやけど、そうやないと。玉枝はんは、多くを語りませんでした……。あんときは遠い親戚や言うてましたかな。とにかく、これからしばらく恋園庵の二階で暮らすことになったからて。

あの日から、六郎はんも町の有名人になりました。

玉枝はんはな、今も綺麗ですけど、あの頃はほんまにすごい美人やったんです。その玉枝はんのところにふらりと転がり込んで……。まあ最初の一年ほどはずっと恋園庵の二階にいたんですけどな、玉枝はんの本宅でなくて。でもとにかくよう一緒にいるんで、何者やろうと噂になったんです。どんどん玉枝はんのお腹は膨らんでいくし、きっと六郎はんが玉枝はんのお腹の子の父親やて、みなさん言ってはった。

従兄弟の岳志はんがその頃はまだこのあたりのテキ屋の元締めしてたから、玉枝はんはいろんな意味で守られてましたけど、それでもいろいろ大変やったと思います。

とはいえ、玉枝はんはそんな外野の騒ぎなんて、どこ吹く風でした。というよりも、これも後から聞いてわかったんですけど、最初の何ヶ月はそれどころやなかったんだそうです。六郎はんはそれからも何度か、自殺しようとしてはったんです。

玉枝はんは、なんとかそれを喰い止めようと必死やった。六郎はんは六郎はんで、ほっとくとすぐ死のうとする。いや、しばらくは落ち着いてるんです。何日か、何週間かはな。そんときも、というのは銭湯から上がったときですけど、風呂に入ってたときはあんなにぼーっとしてたのに、銭湯を出て、玉枝はんが待ってるの見たら、みるみる顔に生気が戻って、『ありがとうございます。なんだか生き返ったみたいな気持ちです』て、言うてたんですから。

そんでもそんなこと言ってるからって、ちょっと安心してると、また気持ちが塞ぎ込んでくるのか、だんだん喋らんようになって、そのうちふらーっと出ていってしまう。そんでまた、首くくりの木探しですわ。それを、玉枝はんが追っかけていって、引っ張って帰ってくる。しばらくすると、また出ていく。玉枝はんが追っかけていって、また連れ帰ってくる。なんや、二人とも意地になってるみたいでした。

そんでまあ、その夜の話やけど、湯上がりの六郎はんはなんやほんまに幸せそうで、まあぼーっと長風呂してたから、湯あたりやったのかもしれんけど、ほっぺたも上気して赤くなっててな、さっきまで心配してただけに、大将もわてもなんや嬉しくなってしまってな、これから食堂帰ってみんなでビールでも飲みましょういう話になった。六郎はん、その日なんにも食べてなかったみたいで、風呂出たら腹減ってたの急に思い出したんですな。『お腹空いた』って、ぽつりと言わはったんです。それで大将が、そんなら店に戻ればなんか喰い物作れるし、僕らも喉渇いたし、ビール飲もういう話になったんです。

そういうことがあって、玉枝はんと六郎はんは、その後も、よくウチの店に来るようになったんです。最初のうちは、だいたいわてが話をしてました。玉枝はんにせがまれましてな。隠すと何もないですから、聞かれたことにはなんでも答えてました。ほんでわてが喋ると、それに関してなんや思い出すことがあるんでしょうな、そのとき店にいた人が、自分の昔話したりしてな、結構盛り上がるんですわ。

六郎はんは黙って聞いてるだけだったけど、それでも時々はな、ぽつぽつ、一言ふたこと喋ることがあって、そういう話をつなぎ合わせて、なんとのう六郎はんの過去を想像してました。小学校の先生をやってはったらしいとか、子どもの頃この近くの町に住んでたことがあるとか、それくらいのことですけどな。

その風呂屋で初めて会うて、二、三週間目くらいですやろか、九月の終わりくらいやったと思いますが、珍しく玉枝はんが夕方ひとりで店に来たんです。様子はいつもと変わりまへんでした。お腹に赤ちゃんがいるからビールは飲みませんでしたけど、大好きな煮魚定食食べて、普通に喋って。

そやからわてても、なんにも考えんと玉枝はんがお勘定して帰り際に、『そう言えば今日は六さん、どないしたんですか』って、声かけたんです。そしたら『いなくなっちゃった』って。

昼前にいつものように恋園庵に行ったら、なんやあっこの庭がそら綺麗に掃除してあったんですて。夏の間の雑草が綺麗に刈られてて、縁台は水洗いして干してあるし、庭は箒の目がびしっと立ってるし。それ見てはっとして、大きな声で六郎はんって呼んでも返事がない。いつも寝起きしてる恋園庵の二階に駆け上がったら、六郎はんの着てた服とか、下着とか、ぜーんぶ玉枝はんが六郎はんに買うてあげはったもんですけどな、そんなんがぜーんぶたたんで置いてあって、机の上に一言、『ありがとうございました。家に帰ります』っていう置き手紙があったんですて。そんときはさすがにちょっと寂しげでしたけど、玉枝はん言ってはりました。

玉枝はんには我々よりももうちょっといろんなこと話してたみたいで、場所は言わなんだけど、家族がおって、小さな娘もおるいう話してたんですて。『もう二度と、そこへは戻れないって六郎さんは言ってたけど、事情が変わったんでしょ。これで一件落着ってわけ』って、玉枝はんにっこり笑って帰っていったんですけどな、その夜、店を閉めようとしてたときですから、十時過ぎぐらいですか、玉枝はんから店に電話があったんです。

『六郎さんが、隣町で病院に担ぎ込まれた』て。自殺の名所いうほどやないですけど、海に面して高い崖があって、テレビのミステリー番組とかで最後に犯人が飛び込んだりするような場所ありますやろ、そういう感じの場所が隣町にあるんですけど、そこから六郎はん海に飛び込んだらしいんですな。ただ高さがそれほどなかったのと、途中の松の枝か何かにぶつかりながら落ちて、運の良かったことに下の岩場の間の、海に直接落ちたらしいんです。しかも落ちてくところを誰かが見とった。一命を取り留めて、隣町の総合病院に担ぎ込まれたいうんですわ。その病院に勤めてる看護婦が六郎はんのこと見知ってたらしくて、ほんで恋園庵に電話があったんです。『貫ちゃん、悪いけど、一緒に行ってくれへん』って、玉枝はんに頼まれましてな。玉枝はん軽自動車持ってたんやけど、あんまり運転得意やないし、夜道やし、行ったことないとこやし、それになにしろ気が動転してたんですやろな、断崖絶壁から飛び降りて、一命を取り留めたっていうことしかわかってないですから、六郎はんがいったいどんな状態なのか、恐くてひとりでは対面できないって言わはって。わてが大将の軽トラで仕入れから帰ってくるの見たことあって、軽の運転なら貫ちゃんやって頭に浮かんだって。なんや支離滅裂ですけどな。

病院行ってみたら、六郎はん体中に包帯巻かれてました。一瞬、これは死んでまうんやないかと、どきっとしましたがな、六郎はんは案外元気やったんです。

車ん中で、玉枝はんは『この一週間ふさぎ込んでて、あんまり話もしなかった』って言うてたんですが、ベッドの上の六郎はんは、なんや憑きものが落ちたみたいな感じで、朗らかなんですわ。『ミイラの気持ちがわかる』なんて冗談言ってたくらいです。大きな怪我は、右足の骨を折ったのと、あばら骨にヒビが入ったくらいやった。あとは擦り傷と打ち身ですな。顔も手も腕も、細かい擦り傷だらけやったですけど、それくらいのもんで、一週間くらいで退院しはったと記憶してます。

そういうことが、その後も何回かあったんです。実際に自殺しかけたんは、そんときとあともう一回くらいやったと思いますけどな。ただ六郎はんが、ある日、ふらっーと消えてしまう。不幸中の幸いは、六郎はん足痛めてますやろ、そやからけっこう目立つんですわ。ほんで玉枝はんは、交番とか駅とか、バス会社とか知り合いやつてを頼ってずーっと回って、様子のおかしい六郎はん見かけたら、すぐ連絡してくれるようにって、連絡網を作ったんですわ、六郎はんには内緒でな。その連絡網のおかげで、その後は大事に至ることはありまへんでしたけどな。

わても六郎はんが見つかった先まで何遍か、玉枝はんに運転頼まれて、一緒に迎えに行ったことがありました。その車中で、玉枝はんが六郎はんから聞いた話をな、ぽつぽつとわてにしてくれはりました。

さつきはん、あんたのお母はんは、六郎はんが家を出た理由、話してくれたことありますか？」

車海老はそう言うと、さつきを見た。

さつきは、こくりと頷いた。

8

「なんて言うてました？」

　車海老が聞いた。

「父が担任していたクラスでいじめがあって、生徒が自殺したって」

「それだけでっか？」

　さつきの顔に不安そうな色が浮かんだ。

「それだけやないんですか？」

　車海老は神妙な顔で頷いた。

「ほんまのところは、わかりまへんよ。ただ六郎はんはこう言ってはったそうです。遺書にいじめた子らの名前が書いてあったんやけど、その最後に担任の六郎はんの名前があったて。自分のせいやって。その亡くならはった生徒さんから相談を受けて、いじめてる子らとも話し合って、なんとかやめさそうとしてる矢先のことやったそうです。それだけに、六郎はんショックやったんでしょうな。自分のことを信じてくれた子を、守れなかった。だからその子は、遺書の最後に六郎はんの名前を書いたんじゃないか。自分が殺したも同然やって、思い詰めてたみたいです。これは玉枝はんから聞いた話ですけどな。ここへ自殺しに来たときは、ノイローゼのようになってたて。

せやけど、この話でいちばん難しかったのは、その遺書というのが、ただの噂だけの存在やったということです。そういう遺書があったらしいという噂が囁かれただけで、警察も亡くなった子のご両親も、遺書があったともなかったともはっきり言わなかったんです。なんせ小学校六年生の子どもですからな、自殺したその子もいじめていた子たちも。

噂を聞いて、六郎はんは亡くなった子のご両親を訪ねたそうです。ご両親は遺書なんてなかったって言うてはったそうです。でも噂は消えなかった。遺書の中でいじめてたと名指しされてた子らの家族は、一年経たんうちにみなよそへ引っ越したそうです。六郎はんだけが学校に残った。もちろんそれはただの噂ですから、学校側も六郎はんになんの処分も下さんかったそうです。ある意味では、それがいけなかったのかもしれません。

というのは、六郎はんが教員を務めていたのは小中高一貫教育の私立校やったんです。そしてその学校法人の理事長いうのが……」

車海老はそこで言葉を切って、さつきを見た。さつきが後を続けた。

「私の母方の祖父でした」

「祖父が理事長……ってことは、六郎さんは理事長の娘婿か。え？　つまり、それで処分免れたって？」

そう言ってから、ヒデコはしまったという顔でさつきを見た。

「あ、ごめん」

「いいんです。きっとその通りやったんやから」

さつきが寂しそうに言うと、車海老が考え込むように言った。

「いや、そうではなくて、そのおかげで六郎はんは処分を免れたんではないかと、みんなが噂をしたということでっしゃろな。ほんまは遺書があったのに、学校が握りつぶしたんやないかという噂もあったそうです。これはわての想像ですけど、自殺の原因が六郎はんだったという噂の出所はそこにあったんやと思います。

六郎はんは理事長の娘婿で、まあ言うたら出世街道を歩いてたわけです。それをやっかむ人も、少なからずいたんでしょうな。自分のクラスでいじめがあって、子どもが自殺して、いじめにかかわったとされた子らはみな転校していなくなって、担任の六郎はんだけが何事もなかったようにその次の年も、学年主任として六年一組の担任になったんですわ。その最初の父兄懇談会で、質問が出たそうです。『去年、自殺した子の担任は先生ですか?』て。六郎はんは正直にそうだと答えたと言ってました。そいで、学校を辞めるつもりだったて。

そしたら何人もの父兄が立ち上がって、質問が相次いだそうです。六郎はんはつるし上げを喰らった。『いじめがあったことを先生は知っていたんですか?』『いじめられていた子は先生に相談したんですか?』『なぜいじめをやめさせられなかったんですか?』『先生もいじめに荷担したという噂がありますが、本当ですか?』エトセトラ、エトセトラですわ。

最終的にはクラスの父母たちから、担任を換えて欲しいゆう要望が学校長に出されたそうです。そんときも学校は六郎はんを守りました。自殺は不幸な出来事やけど、東雲先生に責任はないと。その対応が父母会に火をつけて、大騒ぎになった。一部の親たちは、そんな学校に子どもを通わせられないと、しばらく子どもに学校を休ませたりして、それがマスコミに流れて週刊誌の記事にもなったりして、そのさなかに六郎はんは家を出たいうわけです。ほんまは教師を辞めたかったたって。せやけど……」

　そこで言葉を切ると、車海老はまた窺うような顔でさつきを見た。

「祖父が辞めさせてくれなかったんでしょう？　そんなことしたら、学校側に自殺の責任があるって認めたことになるって。いじめがあったのは事実やけど、学校側はそれを把握していたし、担任の教師は、父のことですけど、ちゃんと生徒指導していじめをやめさせていたと。自殺の原因はいじめじゃないと。自殺したのはその子自身の問題やっていう話にしたかったんやと思います、祖父は。そういう人やったから」

　車海老が頷いた。

「六郎はんはその子の死に責任を感じていたのに、それを認めることさえ許してもらえなかったんです。板挟みになったんですな。こうなったら自分が死ぬしかないと、そうすればすべてがまるう収まるやろと、みんなも幸せになるやろって、そういう考えしか頭に浮かばんかった。あの頃は、そのことだけを一途に思ってたって、六郎はんは言うてました。あの子が自殺したのは自分のせいや、それなのに自分はあの子の両親に詫びて、あの子の墓前で泣くことさえも許されないって」

　車海老が言葉を切って、パイプを吸い、それからゆっくりと煙を吐いた。煙は白い細い帯になって、暗い空に上っていった。

清太郎が呟いた。

「それで自殺未遂を繰り返したわけか」

「でも、結局は自殺でけへんかったわけやん」

吐き捨てるようにさつきが言った。

「さつきはん、いくらお父はんでも、そういう言い方はあきまへんで。六郎はんは、ほんまに苦しんではった。それは、そばにいた玉枝はんがよう知ってます」

「だけどさ、玉枝さんはなんでそんなに必死で六さんを守ろうとしたんだろ。自分だってどんどんお腹大きくなって、ひとりで子ども産まなきゃいけなかったのに」

清太郎がそう言うと、車海老はしみじみとした口調になった。

「玉枝はんが、そういうお人やったいうことでっしゃろなあ。ほんでもな、玉枝はんがよく言わはったのは、六郎はんのおかげで自分が救われてるいうことでした。『あの人が迷い込んできてくれたから、私が迷わずに済んだ』て。わてにはなんとのう言ってる意味わかりました。

あの頃の玉枝はんは、これから生まれてくる自分の子と、六郎はんという大っきな子どももみたいのんの二人を抱えて、ほんまにてんてこまいでしたからな。そんな迷ってる暇なんて、なかったんやと思う。そやけどな、そのせいで一時、大変なことになりかけたんです。臨月近くなった頃に六郎はんがまたいなくなったんです。折悪しく、わては町におらんかった。白隼の蔵元に呼ばれて、伏見に出張してたんです」

車海老は遠くを見るような目をした、昔を思い出したらしい。

「これは余談ですけどな、うちの大将は日本酒は白隼しか店に置いてなかったんですわ。小さな蔵ですけど、そこの社長はんが誰かに連れられて南口食堂に来て、いっぺんで大将のファンになってしまったんです。ほんで恒例の蔵元での試飲会のときに、つまみを作りに来てくれんやろかと毎年大将を誘ってたんですわ。大将は店があるからてずっと断ってたんですけどな、その年はわてがおったもんやから『代わりに行け』て言わはって。それから毎年、わてが大将の代理で蔵元に行くようになって、そこの社長の娘と知り合うて、出戻りで戻ってきてたんですけどな、ほんでまあその娘いうのがわての今の女房でしてな、わてのような人間が小さいながらも蔵元の社長になれたんは、そういうわけがあるんです。四十で女房と結婚して、それから十年間は義父にみっしり仕込まれましてんけどな」

そこまで話すと、車海老は口調を変えた。

「まあ、その話はどうでもええんですが、ほんでわてがおらなんだもんやから、そのときもかなり夜遅かったんですが、玉枝はんはひとりで自動車運転して、山奥の駐在所まで六郎はんを引き取りに行かはった。その迎えに行く途中で、玉枝はんが流産しかけたんです。夜中の山道で他に自動車走っとらへんし、たまたま巡回中のパトカーが通りかからなんだら、母子ともに助からなかったやろうって。

麻衣子はんは、そんとき生まれはったんです。ほとんど意識不明のまま、帝王切開してな。六郎はんはその話を保護されていた駐在所で聞いて、玉枝はんが担ぎ込まれた病院に飛んでいって、玉枝はんが麻酔から覚めるまでずっとつき添ってたそうです。

その日でぷっつり、六郎はんは自殺するのやめはった。玉枝はんのところからふらーっと消えていなくなるようなことも、二度としませんでした」

車海老が話し終えるのを待っていたように、さつきは立ち上がった。

「そして私と母を思い出すことは、二度となかったってわけや」

「さつきさん……。それは違うよ」

清太郎が言った。

「何が違うんですか」

「俺、知ってんだ。六さんが毎朝日の出前に起きて、上の神社にお参りしてんの。ここに来てから二十年もの間、一日も欠かさずだぜ。それさ、誰のためだと思う？

夏祭りで、親父にくっついてここに来てたとき、俺はよく朝早起きして本殿の奥にあるクヌギの木んとこへカブトムシ捕りに行ってたんだ。前の晩に、バナナに蜂蜜かけたのを玉枝さんにもらった古ストッキングに入れて、クヌギの木にかけとくと、カブトだのクワガタだのがけっこう捕れたから。大きなクワガタが捕れたことあって、俺は嬉しくってさ、小躍りしながら帰ってきたわけ。

そしたらさ本殿のとこで、誰かがお参りしてた。あれ、六さんだと思ったけど、その頃はまだあんまり話したこともなかったし、黙って後ろを通りすぎようとしたんだけどさ。その瞬間、右手でつかんでたクワガタに、人差し指を思いきり挟まれたんだ。痛っ、って手を離したら、クワガタがバタバタって飛んで、賽銭箱の上に止まった。六さんはまだ手を合わせ、目を閉じて祈ってて、横からのぞき込んだら、なんかすごく辛そうな顔してた。子ども心にも邪魔しちゃいけないと思ってさ、お参り終わるの待ってたんだ。クワガタは賽銭箱の上で、じっとしてたしな。十分くらいもそうしてたかな。

ようやくお参りが終わって、六さんが振り向いて、俺は急いで賽銭箱の上のクワガタに飛びついてつかまえて、一件落着だったたんだけど、そのとき六さんに声かけられたんだ。『虎蔵さんの息子さんだよね。いくつ？』って。俺は九歳って答えた。六さんは、俺の頭に手を置いて、『じゃあ、娘はもうちょっと小さいかな』って言うんだ。あれって、思ったよ。六さんの子どもって、玉枝さんの赤ちゃんの麻衣子ちゃんじゃねえのかって。俺は小学校三年生で、まだいろんな大人の事情を知らなかったからさ。それで、聞いたよ。『娘って誰？』ってさ。六さんは、さらっと答えた。『おじさんには、遠くにもうひとり娘がいるんだ』って。ふーんって、思ったよ。子どもだからさ、変だとは思わなかった。ただ、俺も普段は練馬のばあちゃんと暮らしてて、親父と一緒にいられなくて寂しかったからさ、『寂しくないの？』って、思わず聞いちまったんだ。

そしたら今でも忘れないけど、六さんが突然、ぽろっぽろって大粒の涙流してさ。大人の男がそんな風に泣くとこなんて見たことなかったから、俺、すごく驚いて、それで今でもあのときのことよく憶えてんだけどさ。『そりゃ、寂しいよ』って、その涙もぬぐわずに六さんは言ったよ。『寂しいから、こうして毎朝、神様のとこに来て、娘が今日も元気でいますようにって、お祈りしてるんだ。虎蔵さんもきっと同じ気持ちだよ』って。虎蔵さんも同じ気持ちだって聞いたらさ、なんだかわからないけど俺も急に悲しくなってさ、ぼろぼろぼろぼろ泣いちまった。

ばあちゃんの家でさ、父ちゃんのこと考えて、寝つけなくなることが時々あったんだ。父ちゃんがどっか遠いとこで死んじまって、もう俺を迎えに来ねえんじゃねえかって。そんなことばっか考えて、ひとりでおんおん泣いたこととかさ、思い出して、悲しくなったんだ。そしたらさ、六さんがぎゅうって俺のこと抱きしめてくれたんだ。そのまま二人して、おんおん泣いたよ。

さつきさん、あんたの気持ちはよくわかるよ。六さんのこと、大好きだったんだろう。あんな人だもん、きっと、さつきさんのことすごく可愛がってたに違いない。その父さんが、ある日突然消えちまったんだもんな。どんなに悲しかったか、不安だったか。俺にはよくわかる。父さんが帰ってくる夢をどれだけ見たことか。そのたびごとに、やっぱり父さんはいないんだってことを思い出しながら目覚めなきゃいけなかったんだもんな。

理由はさておき、六さんがあんたたち母子を捨てたのはほんとのことだ。だけど、六さんがあんたたちのこと忘れちまったってのは違う。今も六さんは夜明け前のお参りを一日も欠かしたことはないんだ。それは、この近所に住んでる人なら誰でも知ってることだよ。それが、自分の娘、つまりあんたのためのお参りだってことは、おそらく俺しか知らないだろうけど。子どもは親のこと忘れるかもしれないけどさ、子どもを忘れる親はいないんだよ。俺の親父は三年前に死んじまったけどさ、六さんが一心に神様にお参りしてる姿を見ると、親父がそこにいるような気がして心が温かくなる。あの世に行っても、親父はきっと俺のこと見ていてくれるって、六さんの背中を見てると信じられる気がするんだ」

清太郎が話し終えると、薄闇の中で誰かが鼻をすすった。誰もがそこにいない自分の親のことを考えているようだった。

　さつきだけが、いらいらとした表情で清太郎の話を聞いていた。そして、吐き捨てるように言った。

「そんなええ話ですやろか。二十年間毎日お参りしたって言わはるけど、置き去りにされたお母ちゃんはその二十年間針のムシロに座り続けたんよ。お父ちゃんが死のうとしたんは、ほんまでしょう。死ねば家族に同情する人も出てくるやろし、世間の風当たりも和らぐかもしれない。死ぬことが正しいか間違ってるかは別として、私たちのためにそうしようとした。それはわかりました。そやけどな、結局はそれができひんかったんでしょ。そしたら、ウチへ帰ってくればええやん。なんで帰ってこんかったんやろ。

　お父ちゃんは犯罪を犯したわけやないんです。帰ってきたら警察に捕まるとか、誰かに殺されるとか、そんな心配は何もない。学校にはおれへんようになるかもしれん。祖父はその後、理事長の職を辞任しました。帰ってきても、お父ちゃんを守る人は、もうあの学校にはおらへんかった。それでもええやないですか。学校の先生ができひんようになっても、親子三人暮らしていく方法はあったはずです。現に母は、それまで一度も働いたことなかったのに、近所の工務店で事務仕事したり、内職したりして、私を育ててくれました。マッチ貼りって、知ってます。マッチ箱に紙を貼る内職です。百個貼って三十円。千個貼って三百円。そんな内職、毎晩やってたんですよ。

　お嬢さん育ちやったから、大変やったと思います。そやけど祖父からの援助は一切受けず、女手一つで私をここまで育ててくれたんです。その間、お父ちゃんは何してたんですか。歳が離れた綺麗な女の人と一緒になって、可愛い赤ちゃん育ててたんやないですか。学習塾やってるって聞いたときは、全身から力が抜けましたわ。しかも評判悪うないんでしょう。そんなんできるんやったら、なんで私の母とやってくれなかったんですか。

母が祖父の力を借りずに自分ひとりの力で私を育てたんは、お父ちゃんが帰ってきてくれたときのことを考えてのことやと思う。お父ちゃんが帰ってきて、なんにも仕事できんかったとしても、母の働きで一家の生活支えられるようにしときたかったんやと思います。『どっかでのたれ死にでもしたんでしょう』言うて、母は笑ってますけど、心の底では今でもお父ちゃんの帰り待ってるんです。そういう母なんです。

私がここへ来てること、母は知りません。お父ちゃんが生きてるいうこと、母にはまだ知らせてないんです。二十年間一本の連絡もくれなかったんですよ。遠い町で幸せな家庭を築いていたなんて知ったら、お母ちゃんどんだけ傷つくか。私たちのためになんぼ祈ってくれたかて、そんなもんなんの救いにもならへんわ」

さつきの目には涙があふれていた。父親への怒りの涙なのか、悔し涙なのか、それとも別の涙なのか。それは誰にもわからなかった。

さつき自身にもわからなかった。

「明日、また来ます。ほんでお父ちゃんを連れて帰ります」

「さつきさん……」

清太郎がさつきの後を追おうとしたが、その気配を感じたさつきが振り返り、きっぱりした口調で言った。

「清太郎さん、ヒデコさんの言う通り。私はあなたやのうて、ここの家族の……この茶屋の人たちに興味があって、あなたに近づいたんです。それ以上の意味はありません。ごめんなさい」

言葉の内容こそ謝罪だったが、口調は完璧に怒っている人のそれだった。くるりと振り向くとカツカツと石段にハイヒールの音を響かせながら去っていった。

「さ、さつきさん……」

闇の中で、何かの花の香りが強く匂っていた。

さつきの後ろ姿をぼーっと見送っていた清太郎の背中を、ヒデコが思いきり叩いた。

「なんだよ、あの女。しっかりしなよ、清太郎。明日も来るって言ってんだよ」

「恋園庵存亡の危機だな。これはひと肌脱がにゃあなるまいよ。な、清ちゃん」

力也が清太郎の肩に手を回して言った。

「あ、ああ」

「ひと肌なんて、脱がなくていいです」

若い女性の硬い声が響いた。

清太郎と力也が思わず振り返ると、恋園庵の軒下に麻衣子がいた。玄関の灯が浮かび上がらせた蒼白な顔には何の表情も浮かんでいない。ただ、何かから自分を守るように腕を胸の前で固く組んでいた。

「麻衣子ちゃん、いつからそこに……」

清太郎の問いかけを無視して、麻衣子は続けた。

「父のことは……、あの人のことは放っといてあげてください」

絞り出すようにそう言った。

「だけど、麻衣子ちゃん。そんなことしたら……」

「帰りたかったら……、帰ればいいんです。本当の……娘さんと、奥さんのところ……」

そこまで言ったところで堪え切れなくなったらしく、麻衣子の怜悧な顔がいきなりくしゃくしゃに歪んだ。涙がぽろぽろとこぼれ落ちた。

「私は……私は、母と二人で……」

両手で子どものように涙をぬぐいながら、麻衣子は後を続けようとしたけれど嗚咽になって聞き取れなかった。

ヒデコがいつの間にか麻衣子の隣にいて、その背中にそっと手を回した。ヒデコの広い胸に顔を埋め、麻衣子はいつまでも泣きじゃくっていた。

清太郎は彼女がつい何年か前まで、ほんの少女だったことを思い出した。

9

「どうするよ？」

焼きそばを焼きながら、力也が言った。時々、焼けた鉄板の上に水を振りまくので、盛大に水蒸気が上がる。そうすると客のつきが良くなるからなのだが、それはあくまでも縁日で人がたくさんいるときの話だ。平日は、ほとんど人影がない。水蒸気は空しくそよ風に流されていった。

　昨晩は泣きじゃくる麻衣子をヒデコが家まで送っていった。車海老は宿へ帰り、取り残された清太郎と力也は、なんとなく神社下の居酒屋へ行くことになった。苦いビールで話も弾まなかったが、清太郎はやたらと飲み、今日は二日酔いだと言って昼過ぎまで寝ていた。ようやく起き出したかと思ったら、茶屋の店先の縁台にひっくり返ってまた寝てしまった。太陽が西の空に傾き始めた頃、やっと大きなあくびをして起き上がると、つまらなそうな顔をして力也とヒデコを手伝い始めた。

　今は黙りこくって、たこ焼きをひっくり返している。

「……」

　黙々とたこ焼きを焼く清太郎を見ながら、力也がしみじみと言った。

「やっぱり麻衣子ちゃん、つっぱってたんだな。いじらしいよなあ。六郎さんのこと嫌いなふりしてさ」

昨日はあんなに客が並んだのに、今日はさっぱりだ。週末になると、町の人々はフードコートもシネコンもある郊外の超大型ショッピングセンターに大移動してしまう。県立高校も、今日は休みだった。

「実力阻止しかねえんじゃね？」

ヒデコが言った。

「実力阻止って？」

力也が思わずヒデコを振り返った。彼女は縁台の上に仰向けになって、五月の真っ青な空に向かって白い煙草の煙をくゆらせていた。時々頬を丸めて、煙をドーナツ型にして遊んでいる。

「だってさ、今このタイミングで、あのさつきって女を六郎さんに会わせんのまずいべ？　あのテンションじゃさ、あの女、何を言い出すかわがんないよ。そんなことしたら……」

そう言って、ヒデコは恋園庵の方に顎をしゃくった。

「この家族メチャクチャだよ」

もうもうと立ち上がった水蒸気を手のひらで扇ぎながら、力也が言った。

「だけど、どうすりゃいいの？　彼女が六さんの実の娘だっていうのは間違いないんだろ。実の娘が父親に会うのを、どうやって止めりゃいいわけ。だいたい、そんなことしていいの？」

ヒデコは煙草を消して立ち上がると、焼きそばを焼く力也の横に並んだ。足下の段ボール箱から、焼きそばを詰めるプラスチックのパックを取り出して、台の上に積み上げる。

「いいもヘチマもあっかよ。そうしなきゃここの家族はお終いだ。そんでいいのがって話よ。昨日も言ったけどさ、あたしはいいよ。でもあんたら、そんでいいの？　あんなに世話になっておきながら、それはねーべよ、なあ？」

　力也はヒデコの剣幕に押され、助けを求めるように隣の清太郎をつっついた。

「それはそうだけどさ。じゃあどうすりゃいいんだよ。なあ、清ちゃん？」

　清太郎はロクに二人の話を聞いていないらしい。生返事だけしていた。

「ああ……」

「清ちゃん？」

「ああ？」

「あのさ、さっきからオウムみたいに復唱しかしてないよ。これは俺たちというよりも、清ちゃんの問題だよ。玉枝さんは清ちゃんの初恋の人にして、第二の母さんなんだろ？」

「ああ」

「ああ、ああ、って……。いったいどうしたんだよ。ったく」

　清太郎は、生気のない目を力也に向けた。

「だってよう、ぜんぜんわかんねえんだもん。どっちの味方すりゃいいか」

　力也が目を剥いた。

「どっちのって……。えっ？　清ちゃん、それ決まってないの？　この期に及んで、まだあのさつきって子の肩持つ気でいるわけ？」

「だめなの？」

清太郎は訴えるような目した。

「いいとか、いけないとかじゃなくて……。だって、昨日はっきり言い渡されてただろ。六さんの家族について知りたいから、あんたに近づいたんだって、あんた本人にはまったく興味がないって。コケにされたんだよ、清ちゃんは」

「そうなの？」

「そうなの！ ったく、これだから彼女いない歴もうすぐ三十年の童貞君なんて言われんだよ」

清太郎はねちっこい目つきで、力也を睨んだ。

「お前が言ってんじゃねえか」

「まあ、それは横へ置いとくとしてさ」

「勝手に、横に置くなよ」

辟易した顔で、力也が言った。

「わかったよ。それはもう言わないよ。そんなことよりさ、あの子、六さんを連れ帰るって言ってんだよ。そんなことされたら玉枝さんたちどうなる？ そりゃさ、彼女の言ってることもわかるよ。けどさ、二十年も昔の出来事だよ。時効じゃん。いまさら六さんの家庭をぶち壊して、いったい誰が幸せになるっていうのよ。あの子の胸は、すっとするかもしんないけどさ。そんなことのために、六さんや玉枝さんが苦労して築き上げてきたものをさ、メチャクチャにしていいの？」

メチャクチャという言葉を強調するように、力也は激しく焼きそばをかき回した。

その力也の隣で、焼き上がったばかりの熱々の焼きそばを小分けにして、手際よくパックに詰めながらヒデコが言う。

「だよな、だったら実力行使しかないだろ。あの子が来たらとにかく追い返そう」

今度は力也が縁台に腰を下ろして休む番だった。清太郎がさっきまでちびちび飲んでいた二リットルのお茶のペットボトルの蓋を開け、ごくごくと音を立てて飲むと、力也はなだめるような口調になった。

「だからさ、それはちょっと乱暴なんじゃないかな。話し合いってもんがあるでしょう。なんとかもっと穏便にさ、話し合いで解決する方法がないか、考えよう」

ヒデコはため息をついた。

「力也、お前はつくづくいい奴だ。力也って名前に似合わない、根っからの平和主義者だよ。だけどさ、話し合いが問題をさらにややこしくすることもあんだよ」

「それはわかるけどさ」

「いや、俺はわかんないな」

清太郎が叫ぶように言った。

「もういい、もうめんどくせえ。今日は俺がさつきちゃんを、六さんに会わせてやるよ。あの子にはそうする権利あるもん。二十年も父親に会えなかった子がよ、会いたいって言ってんだもん。それで六さんの家庭がぶっ壊れるくらいなら、ぶっ壊れた方がいいんだよ。どうせもうぶっ壊れかけてんだしさ」

ヒデコが手を止めた。

「清太郎、それ本気で言ってんの？」

「ああ」

「信じらんないな」

力也が本当に信じられないという顔で呟いた。

ヒデコは諦めたように言った。

「しょうがないよ。清太郎は、清太郎。あたしたちはあたしたちで、なんかできることするしかないよ。あ、いらっしゃいませ」

そこへようやく一組の親子連れの客がやって来た。ヒデコが愛想良く接客し、目当ての大たこ焼きだけでなく、焼きそばも売り込んだ。

親子連れが縁台でたこ焼き二皿と、焼きそば一皿を分け合って食べ、神社へお参りに行くと、あたりはまた静かになった。

しばらく三人とも黙っていたが、その沈黙に耐えられなくなった力也が、ふと思いついたというようにヒデコに聞いた。

「そう言えば、麻衣子ちゃんは今日はどうしてんの？」

「バイトだって。朝早くここ来て、巫女さんの服に着替えてったよ。お前ら、まだいびきかいて寝てたけどな」

ヒデコがそう答えると、清太郎が話に割り込んだ。

「なんか言ってた？」

「何を？」

「だって麻衣子ちゃん、昨日の夜、自分の父親が誰か、玉枝さんから聞いたんだろ？」

ヒデコは首を振った。

「いや。聞けなかったんだって。六郎さんが、止めたんだって。話そうとした玉枝さんに、『やめなさい』って。あんな恐い顔した六さん見たことながったって、麻衣子ちゃん言ってた。そしたら、玉枝さんも急に、空気の抜けた風船みたいに元気なぐなって……。ねえ、清太郎は知ってんの？　麻衣子ちゃんの本当の父親のこと」

「いや」

ヒデコは清太郎の顔をじっと見つめ、何も隠していないと見極めると、不思議そうな顔をした。

「ほんとに誰にも言ってないのかな、玉枝さん。虎蔵さんは知ってたの？」

「どうだろ。ただ、昔俺が子どもの頃、一度だけ親父にその話したときは、ぶん殴られた」

「殴られた？」

「ああ。神主の息子の、敏男（としお）っているだろ。あいつがさ、どっからか聞いてきて、六さんは麻衣子の本当の父親じゃないとか言ったことがあったんだよ。麻衣子ちゃんはまだ四歳とか五歳くらいだったかな。ほんとに仲のいい親子でよ。麻衣子ちゃんは、いっつも六さんにまとわりついてた。俺は敏男の言うことなんか信じられないっていうニュアンスで聞いたんだけどよ。そしたら、親父に思いっきり横っ面叩かれた。『いいか清太郎。親子か親子じゃねえかはな、その親子が決めることなんだよ。他人があれはそうだとか、違うとか言うもんじゃねえ』って」

「ということは、虎蔵さんは知ってたのかも」

三人が話に夢中になっていると、屋台の前に金髪の女性が立った。

「タコ焼き二皿、クダサイ。マヨネーズ大盛リデ」

「あれ、あんたは、確か……。エレーナさん?」

清太郎が言った。

「ソウデース。ソウイウオマエはオトミサン?」

「?」

エレーナにかなり遅れて車海老が現れた。石段の登り降りで息が上がっていた。

「エレーナ、ちょっと待て。お前は年寄りを気遣うということを知らんな。それからな、そのギャグ若者には通じんで」

「シャチョウ、ユックリ来タラエエガナ。その間ニ私ハ、このお兄チャンをナンパしてるカラ。お兄チャン、アタシと組ンデ、M-1に出エヘンカ?」

「車海老さん、昨日帰ったんじゃないんですか?」

エレーナの頭越しに、清太郎が聞いた。

「思イッキリ無視カイ」

「いや、やっぱり心配になりましてな。ことの起こりはわてみたいなもんやから。顚末を見届けよう思いまして、今日の予定をキャンセルして引き返してきました」

「完全ニ無視ヤ……」

エレーナがふてくされたふりをして腕を組む。それすらも無視して、清太郎が聞いた。

「ことの起こりって？」

「あ、いや、それはまた後で話しますわ。それより、麻衣子はんはどうしはりました？」

「あ、今、その話してたんです。おじさんは麻衣子ちゃんの本当のお父さんが誰か、聞いたことありますか？」

「いいえ、わては知りません」

「じゃあ、親父は？」

「虎蔵はんは知ってはったと思います」

車海老が言った。

「俺には何も言わなかったけど」

「そら言わんでしょう。ボンが知ってたかて、なんにもなりまへんからな。虎蔵はんは知ってはった。玉枝はんに打ち明けられてな。その秘密は、墓場まで持ってくつもりだったんでしょう。だけど、亡くならはる前に思い直して、六郎はんにだけ話したと思います。もしも万が一、なんかあったときに、麻衣子はんを守れるようにってな」

「ということは、六さんも、それまでは知らなかったってこと？　玉枝さんは、六さんにも話さなかったんですか？」

「六郎はんがそう言うてました。聞くつもりもないって。そんなん誰でも関係ない。麻衣子は俺の子やって六郎はんは言うてはりました」

「でも、親父は死ぬときに、六郎さんに麻衣子ちゃんの本当の父親が誰か話した。六郎さんが、いつまでも麻衣子ちゃんを守れるように」

「そうです」

「ナルホド。ワタシワカリマシタ」

エレーナが割り込んだ。

「え？」

「麻衣子サンの父親が誰かデス」

「誰なの？」

「ソレヲ知ル必要アリマセン。私ノ国ニもソウイウ子タクサンイマス。シイテイウナラ、神様デス。ソウイウ子は、神ノ子ヨバレます」

「エレーナ、もうやめとき。みなさんも、もうええでしょう。それは麻衣子はんが考えればええことや。それよりも、さつきはんは……」

「まだ来てません」

「玉枝はんは？」

恋園庵を見て、清太郎が言った。

「中で、カレー作ってます」

「へえ、茶屋でカレー出すようになったんでっか？」

「いや、俺らの夕飯。玉枝さんのカレーライス激旨なんすよ」

「ほんまでっか。わてらの分もあるやろか？　ぼん、ほなわてはちょっと挨拶してきますわ。エレーナ、ここでちょっと待っといてな」

「アイアイサー。ココ座ッテ、エエデスカ？」

「もちろん」

車海老が恋園庵に入ると、エレーナは縁台で煙草を吸っているヒデコの隣に座り、自分も煙草に火をつけた。

エレーナは煙草を口の横にくわえると、抱えていた緑色の鰐革のバッグから封筒の束と、いくつものお守りを取り出した。お守りを一つ封筒に入れては、口を大きく開いて真っ赤な口紅がつかないように気をつけながら封筒の耳を舐め、封をしている。その様子を横目で眺めていたヒデコが、ぽつりと言った。

「誰かに送るの？」

「ウン？」

「そのお守り」

「アア、コレね。国ニ残シテキタ、私ノ子どもタチに送ルね」

「それ全部？」

「ソウ、私、五人ノ子持チね」

「えー、そんなにいるの？」

「ソンナニイルノよー。私コウ見エテも、四十三サイよ。ハタチに見エルカモシレンケド」

「え?」

「アハハ、ココ笑ウトコヨ。ココデ笑ワント、アト笑ウトコオマヘンデ」

「ははは。あんた面白いね」

「ソウ?　ホントニオモロイ?　イッショに……」

「M-1には出ねえよ」

「アハハ、ソレ先に言ッチャ、ダメね」

「あのさ、エレーナ」

清太郎が間に割り込んだ。

「一つ聞きたいんだけどさ、車海老のおじさんは、何しにここへ来たの?」

「シャチョウさんか?　心配ゴトがアル言ウテマシタで」

「心配事?」

「ハイ。サツキはんノコトガ心配ヤて」

「それ聞きたかったんだけどさ、車海老さんはなんでさつきさんのこと知ってんの?」

「シャチョウが探シタんデッセ、サツキはんノコト」

「え、何。どういうこと?　車海老さんが六さんの本当の娘を探したってこと?　なんでそんなことしたのよ」

力也が清太郎の肩を叩いた。

「清ちゃん。来たよ」

清太郎が振り向くと、カメラバッグを手に提げたさつきがいた。

　さつきが言った。

「そうなんです。車海老さんが、私のこと探してくれはったんです」

「え？　どういうこと？」

「去年の暮れに、突然私のこと訪ねてきはったんです」

「車海老さんが？」

「そうです。実は私、実はって言うのもおかしいんですけど、ほんまに撮影の仕事してるんです。仲間と一緒に、京都市内に事務所借りてます。京都って結構写真の仕事あるんですよ。地元誌も充実してるし、全国発売してる有名な雑誌もだいたい年に一回は京都特集やるし。地元企業の広告とかの仕事もあるし。それは、まあええねんけど……」

　一瞬の照れ笑いをひっこめると、さつきが話を続ける。

「ほんで、その事務所に、ある日、突然車海老さんが訪ねてきはったんです。頂いた名刺見たら、白隼酒造代表取締役社長とありました。新しい仕事やって、最初は思いました。企業の社長さんが直接仕事頼んでくるいうのは初めてでしたけど、絶対ないわけではないですから。ある会社の社長さんが私の写真を気に入ったたって言わはって、仕事が来たことが前にあったんです。直接仕事を依頼してきたのは、デザイナーさんでしたけど。酒造メーカーの仕事なら、お酒の撮影やろかって思いながら、私あんまりスタジオ撮影は得意やないんやけど、話聞いたの憶えてます。

　ところが白隼酒造の話とか、日本酒の話とか、ちょっと雑談したところで、車海老さんが『実は』って表情を改めはったんです。『今日お伺いしたのはお仕事のことではないんです』って。ほんで『東雲六郎はんというお人を知ってますか?』って、聞かれたんです。

びっくりしましたけど、私の父ですって、正直に答えました。あ、どこかで亡くなったのかなって、思いました。父がいなくなって十年目に、母は裁判所に申し立てて、父の失踪宣告してもろたんです。それで父は法律上は死んだことになり、私たちは母の旧姓に戻ったんです。それでも、私は父が生きていることずっと信じてましたけど。

毎年秋になると、私を訪ねてくる男の人がいたんです。私の誕生日は十月十九日なんですが、その前後に必ず。学校の帰り道だったり、公園で遊んでるときだったり、図書館にいるときだったり、その年によって場所は違いました。だいたい通りすがりに、『さつきちゃん元気にしてたか?　困ったことないか?』って声かけてくれはるだけなんやけど。その人が、きっと私のお父ちゃんやないかって、ずっと思ってたんです。

それが、ここ何年かぱたりと姿を見せなくなりました。それで、もしかしたらって思てましたから。せやけど、車海老さんは笑って、『いや元気にしてはります』言うんです。ほんで、『お父はんに会いたくないでっか』って。会いたいですって、正直に答えました。死んだとばかり思てましたから、ほんとに嬉しくってね。

そしたら車海老さん、住所と電話番号書いた紙渡してくれはったんです。ここの、恋園庵の住所と電話番号を。ここ行ったらわかるから、いつでも好きなときに行ってくださいって。そんときは嬉しかったけど、すぐにどうしていいかわからなくなりました。この話を母にしてもいいものかどうかも、わからなくなった。だってよく考えてみたら、私がずっとお父ちゃんだと思ってたあの人が、ほんまにお父ちゃんかどうかわからんやないですか。いざ会いに行ったら、ぜんぜん違う人がそこにおるかもわからん。そう考えたら、恐くなったんです。私のほんとのお父ちゃんって、どんな人なんやろって。母には聞けませんでした。母はもうずっと、父の話をしてません。

子どもの頃は、お父ちゃんってどんな人やったん？て聞いたこと、何遍かありましたけど、まともに答えてくれたことありませんでした。『あんたも知ってるやろ。そのまんまの人や』って。

父が家を出たんは、私が四歳か五歳くらいの頃です。お父ちゃんのこと大好きやったし、その頃はよく憶えていたんです。お父ちゃんを好きだったという記憶は今も残ってるんですけど、どんな顔してたのか、どんな声してたのか、そういう具体的な記憶はどんどん淡くなっていって、背が高かったのか低かったのかさえも、憶えてないんです。幼い頃はものすごく大きな人だと思ってましたけど、それがほんまのことなのかどうかもわからない。

だからいざ会えるとなったら、なんだかとても恐くなって、すぐに会いに行く決心がつきませんでした。母に内緒でお父ちゃんに会いに行くのも、なんやとても悪いことのような気がしてましたし。それで車海老さんの酒蔵へ遊びに行くようになったんです。別れ際に、いつでも遊びに来てください言われてましたし。車海老さんと父の関係を知れば、父がどんな人間か、少しでもわかるんやないかと思ったからです」

「それで、どんな人かわかったの？」

ヒデコが訊いた。

「いえ、ぜんぜん。車海老さんは自分の話はようしてくれましたけど、父についてはほとんど何も話してくれませんでしたから。『それは会うたときに、本人から直接聞いたらよろし』て。父に事実上の妻子がいることも、学習塾を営んでいることも、全部ここへ来てから、清太郎さんに話を聞いて初めて知ったんです。昨晩、車海老さんの話を聞いて、どうしてそういうことになったか、事情は理解しました。だけどやっぱり父のことが、許せへんのです。二十年前に、父が私たち母子にした仕打ちは、どんな理由があろうとも……」

さつきがそこまで話したところで、清太郎が興奮した口調で話を遮った。

「わかった。わかったよ、さつきさん。さつきさんの気持ちはよくわかった。いいよ、思い通りにしたらいい。長年の思いを六さんにぶつけたらいい。俺、今、六さん呼んでくっからよ。ここでちょっと待ってて」

今にも走り出そうとする清太郎を、ヒデコが必死で止める。

「清太郎、落ち着け。ちょっと待てよ。何、勝手なこと言ってんだよ。いくらなんでもいきなりは良くないよ。六郎さんにも、いろいろ心の準備とかあるだろうし」

「六さんだってある日突然、なんの予告もなしにさつきさんとお母さんを置いて、蒸発しちゃったんだよ。そのまんま二十年も放ったらかしにして、いまさら心の準備がどうしたとか、言える筋合いないよ」

清太郎がいきなり立ってそう言いつのると、暗がりから声がした。

凛とした声が、少しだけ震えていた。

「ヒデコさん、いいんです。大丈夫ですから。清ちゃん、悪いけど急いでウチの人……六郎さんを呼んできてあげて」

玉枝だった。

玉枝と麻衣子がいつの間にかそこにいて、清太郎たちの話を聞いていたのだ。

玉枝は思い詰めた表情で言った。

「あなたが、さつきさんですか」

10

さつきは何かがこみ上げてきたらしく、そのこみ上げてきたものを必死で抑えるように、口を手で押さえながら、無言で二度三度と頷いた。

「さつきさん、ごめんなさいね。ごめんなさい、ごめんなさい」

玉枝が言おうとしたことを、無理矢理文字に書き起こすならそうなるだろう。玉枝はさつきに駆け寄り、頭を下げ、その手を自分の額に押し頂いて、何度も何度も「ごめんなさいね」という言葉を繰り返した。

さつきに言おうと思って、用意していた言葉はたくさんあった。

あなたのお父さんが自分たち母子にしてくれたこと、あなたのお父さんがいなければきっと自分たちは生きてこれなかったこと、あなたのお父さんが今までどれだけあなたがた母子のことを思って眠れぬ夜を過ごしてきたかということ。そして自分が弱かったばかりに、今まであなたたち母子の元へあなたのお父さんを送り返してあげることができなかったこと。

いつか彼女に会ったら、伝えようと思っていたことはたくさんあった。けれど、その一つも言葉にすることはできなかった。

本人を目の前にして、玉枝がかろうじて喉から絞り出せたのは「ごめんなさい」という言葉だけだった。幼い少女から、父親を奪ってしまったのだ。さつきがこれまでに味わってきた不安や不信、寂しさや虚しさ、絶望が、握ったさつきのひんやりとした手から奔流となって流れ込んできた。それはかつて、幼い玉枝が母親に捨てられたときに味わった底知れぬ絶望でもあった。

玉枝にはただ、謝ることしかできなかった。

「おめんあさい、おめんあさい、おんあさい」

涙で喉が詰まっていたから、そんな風にしか聞こえなかったけれど。後から後から涙が湧いてきて、玉枝にはどうしても止めることができなかった。

さつきもまた、必死で涙をこらえようとしていた。

なんとしてもこの対面で、涙を流すことだけは避けたかった。

クールに自分の思いを伝え、そして帰る。それだけでいいと思っていた。

けれど実際にその人の顔を見て、その人の暖かな手に包まれたら、そんなこととてもできなくなった。

ただ、涙があふれた。後から後から、涙があふれて止まらなくなった。

彼女に言いたかったこと、言わなくちゃいけないと思っていたこと。

ここに来て、父にそういう女性がいたことを知ったときから、夜中に何度も考えて、上手く言うために何度も練習してきた言葉が、すっかり頭から消えていた。

そして真っ白になった頭の中に浮かんだのは、たった一言だった。

けれどその言葉を口にしようとするたびに、お腹の底からうねるように大量の感情が湧き上がってきて、言葉を遮るのだった。

それでもなんとか心を抑え、涙を拭きながらさつきは言った。

「ありがとうございます……」

はっとしたように、玉枝が顔を上げた。

その顔を見た瞬間、さつきの心がすっと静かになった。

長い間、心の底に閉じ込めていた父親の顔が、まざまざと瞼に浮かんだ。

幼い私が大好きだった父、あの背中によじ登ったこと、風呂で髪の毛を洗ってもらったこと、追いかけっこをしたこと、寝る前に絵本を読んでもらったこと……。

その父がある日、〝じょうはつ〟してしまったこと。

「どっかでジサツでもしてるんやないか」

「良かったなあ、ムリシンジュウなんかされなくて」

大人たちが、母のいないところで父について話しているのを何度も聞いた。

言葉の意味はわからなかった。ただ、父は何かとても恐ろしい目に遭っているのだと思った。

あの頃の私は、布団に入るといつも父を思って泣いていた。

どこか遠い場所で、父はひとりで苦しんでいる。苦しみながら、今にも死にかけている。

ずっとそう思い込んでいた。

いや、実際そうだったのだ。

かわいそうなお父ちゃん。

「神様、お父ちゃんを助けてください。お父ちゃんを守ってください」

私は、もう二度とお父ちゃんに会えなくてもいい。ただ、どこかで元気に生きていてくれたら
それでいい。あの頃の私は、ひたすら父の無事だけを祈っていたではないか。

二十年ぶりに、そのことを思い出した。

そうだ、自分はこの言葉を伝えるためにここに来たのだと、さつきはそのとき唐突に思った。

そして、一気にその言葉を言った。

「ありがとうございます……。お父ちゃんを助けてくれて、ほんまにありがとうございます
……」

11

清太郎たちはその光景を、茶屋を見下ろす坂道の木陰から見つめていた。

玉枝がさつきの手を取って、何度も謝っている姿を、突っ立って茫然と眺めている清太郎と力也の袖をヒデコが引っ張って、こっそりとその場を抜け出したのだ。車海老たちも後からついてきた。

坂道から眺めると、茶屋の庭先には夕日が射し込んで、オレンジ色に燃えるようだった。

そのオレンジ色の中に、女が三人向き合って立っている光景は、まるで映画のシーンのようだ。

玉枝とさつきが何を話しているかは、そこからは聞こえなかった。

けれど、何が起きているかはわかった。

麻衣子は最初、少し離れたところから、玉枝とさつきが抱き合うようにして話しているのを見つめていた。

それから、少しずつ二人に近づき、やがて三人は一つの輪になった。

女たちはまるで井戸端会議でもしているように、いつまでもそこで話をしていた。

「何喋ってんだろうなあ……」

清太郎が、ポツリと言った。

「女の話だよ」

ヒデコが答えた。

「あれ、笑ったぞ」

力也が驚いたように言った。

三人の笑い声だけは、微かに清太郎たちのところまで届いていた。

麻衣子はお腹を抱えて笑っていた。

「なんだかなあ。あいつら宿敵じゃなかったのか。なんで笑ってんだ」

力也がぶつぶつ呟くと、ヒデコが笑って言った。

「わがんねえのかよ」

「わかんのかよ?」

清太郎と力也が、同時に言った。

「わかるよ。ねえ、エレーナ」

ヒデコがエレーナを見ると、エレーナは声を上げて笑った。

「アハハ。男ニハワカンナイ、ワカンナイ。日本の男もブラジルの男も同ジね。シャチョウも、ワカンナイ」

「わかりまへんなあ。ヒデコはん、ほんまにわかるんでっか?」

「わかるのか?」

力也が真剣な顔で聞いた。

「ああやって女どもが笑ってるときは、だいたい男の悪口言ってんだよ。六郎さんのイビキがすげえとか、トイレの後が臭っさいとか……」

「そうなの？」

「そうなの。だって、いちばん面白い話だもんなあ」

エレーナが鼻をすすり、ヒデコがまたエレーナを見た。

「あれ、エレーナ、泣いてんの」

「私も、国に残シタ男のこと思イダシました。足がクサイです。ああ、あのニオイが恋シイ」

ヒデコがエレーナに、ポケットティッシュを渡しながら言った。

「ああやってさ、女は和解するんだよ。男の悪口言って、思いっきり笑ってさ」

茶屋の庭では、さつきがハンドバッグを開けて、ハンカチを玉枝に差し出していた。

さつきの頬に流れる涙に、夕日がきらりと光った。

12

「もう、ええんです。謝らんといてください。私、玉枝さんのこと何も怨んでないですから」

涙に濡れた玉枝の手を両手で握りながら、さつきは言った。

「玉枝さんは、私に謝らなあかんようなことはなんもしてません」

さつきは本心から、そう思っていた。けれど、正直に言えば、昨日まで自分がそんな風に思えるようになるとは想像もしていなかった。

父親が生きていると知ったとき、さつきの心に浮かんだのは、教え子の死の重さに押し潰されて、抜け殻のようになった父の姿だった。きっと人里離れた山奥かどこかの小屋にでも隠れ住んでいるのだろうと思った。

だから余計に、この町に来て、抜け殻になっているはずの人が家庭を持ち、新しい妻と娘に囲まれて幸せに暮らしているらしいと知ったときには腹が立った。はらわたが煮えくりかえって、そこから実際にすっぱい液体がこみ上げてくる気がしたほどだ。

その怒りの矛先は、父親よりもむしろ、父と暮らしているという女とその娘に向けられた。何の根拠もなく、父親はその二人に騙されているのだと思った。父に腹が立たないわけではなかったけれど、それはこんな二人に騙されている父の愚鈍さに対しての怒りだった。

ところがそれは、そういう話ではなかった。

玉枝は、死ぬしかないと思い込んでいた父を救ってくれた人だった。彼女たちがいてくれたからこそ、父はこうして生きている。それは、疑いようのない事実だった。

そう納得したとき、玉枝への怒りは嘘のように消えた。

「父を助けてくださったこと、ほんまに感謝してます。ありがとうございました」

感謝の思いを言葉にすると、改めて胸がいっぱいになった。

ところが玉枝は、感謝を受け入れようとはしなかった。

「そんなことない、そんなことない……。さつきさん、ごめんなさいね。ほんとに、ごめんなさい。お父さんを、あなたの元に返してあげられなくて……」

「だから、それは玉枝さんのせいやないです」

さつきが幾度そう言っても、玉枝は頑なに首を横に振るだけだった。

その様子を後ろから見守っていた麻衣子の目には、玉枝が遥か年下のさつきに駄々をこねているように見えた。

太陽は西の山の端にかかり、その日最後の光を地上に投げていた。黙って見ているつもりだったけれど、このままでは母親はいつまでもそこで謝り続けるに違いない。麻衣子は意を決して玉枝に近づき、その背中にそっと手を置いた。

「お母さん、もうやめて。さつきさん困ってるよ」

麻衣子は母親の手にハンカチを握らせると、とりなすように言った。

「ごめんなさいね、さつきさん。お母さん、少し黙ってさつきさんの話を聞いてあげて。顔を合わせるなり、謝られたら、言いたいことも言えなくなってしまうでしょ」

玉枝は涙をぬぐいながら、「うん、うん」と何度か頷き、さつきと目が合うと、また深々と頭を下げた。

「本当に、そうだね。ごめんなさい、さつきさん……」

「玉枝さん。ほんとに謝るの、やめてください」

さつきは、わざと強い口調で言った。

「私、ほんとのことを言います。昨日まで、玉枝さんと麻衣子さんのこと、憎んでました。父が私と私のお母さんを捨てたんは、あなたたちのせいやと思うてました」

「それは違います。捨ててなんかいません。六郎さんは……」

苦悶の表情で話を聞いていた玉枝が、首を激しく振りながら言いかけたが、さつきはわかっていると頷いて言葉を続けた。

「父が、私たちのために、この二十年間一日も欠かさずに神社にお参りしているのは知ってます」

その朝早く、さつきは神社の木陰から、社殿で手を合わせる六郎の姿を見ている。清太郎が嘘をついているとは思わなかったけれど、自分の目で確かめたかったのだ。そんなことをしても六郎が何を祈っているのかがわかるわけはないし、実際にその姿を見ても何かを感じるとは思わなかったのだが、自分でも驚いたことに、心が激しく揺さぶられた。

どんな顔をしていたかも思い出せなかったはずなのに、後ろ姿を見ただけで、さつきにはなぜかそれが自分の父親だとはっきりわかった。そして、その人が何を祈っているのかも。涙がこみ上げ、脚が震えた。だがそれは、父親がこんなにも長い間、自分たちのことを忘れずにいてくれたと知ったからではなかった。

「そこまで私たちのことを思っていても、父が玉枝さんと麻衣子さんから離れられないんやってわかったからなんです。玉枝さん、父は確かに、私と母のことを思って毎朝神社にお参りしてくれてはるんやと思います。そやけどそれは、玉枝さんや麻衣子さんと一緒にいるためなんですよ」

今やさつきの話に一心に聞き入っていた麻衣子が、目を大きく見開いていた。その麻衣子の表情を見て、さつきが微かな笑みを向けた。静かで、悲しげな笑みだった。

玉枝が静かに口を開いた。

「六郎さんは、帰りたくないから帰らなかったんじゃないんです。あの人は、ずっとあなたとあなたのお母さんのところに帰りたがってた。それは、私がよく知ってます。だけど、帰ったらあなたたちのことを苦しめることになるって。あの人は、それをいちばん恐れているんです」

さつきが言った。

「それはわかってます。父は、自分の持ち物を何もかも処分して、貯金も全部私の名義に書き換えて、自分の名を署名した離婚届と、母に再婚して欲しいという置き手紙を残して家を出ていったんです。大人たちは、母以外の誰もが、父はどこかで死んでいるんやと噂してました。それで私たち母娘への風当たりがずいぶんとやわらいだのも事実です。実際、母に再婚を勧める親戚もいました。自分が生きて帰ったら、私たちに迷惑をかけると思ってたのはほんまやと思います。そやけど、こんなに時が流れてもいまだに父がああして毎朝神さんに祈ってはるのは、後ろめたいからやと思います。命を絶つと決めたのに、父がそうしなかったのは、玉枝さんと麻衣子さんがいてはるからです。玉枝さんと麻衣子さんのために、父は生きようと思った。父はあそこで私らの幸せを祈ってるんやない。そうやなくて、私たちに許しを乞うてるんです。お前たちのために死のうと思ったけど、それができなくなった。俺はこの人たちのために生きることにした。どうか許してくれ、って。今朝、父の後ろ姿を見て、私ははっきりそうなんやとわかりました」

「さつきさん……」

玉枝は苦しそうに歪めた顔で、さつきを見た。さつきは、首を横に振った。

「いいえ、父を責めるつもりはありません。そういう父の必死な姿を見て初めて、私は父を許せると思ったんです。父はここで命を捨てて、もう一度命を拾ったんです。それは玉枝さんが、ここにいてくれはったから。玉枝さんと麻衣子さんが、今の父が生きる意味なんやから」

「でもね、さつきさん、これだけはわかっていて欲しい。私が六郎さんの命を救ったんじゃなくて、六郎さんが私を救ってくれたんです。六郎さんは自分のことなんて、これっぽっちも考えてないんです。もしもあのとき六郎さんが現れなかったら、私はきっと……」

玉枝はそこまで言うと、言葉を詰まらせた。

山の向こうに沈んだ太陽が、西の空の雲を赤く染めていた。玉枝の頬の涙の跡が、その最後の光に照り映えていた。この人を憎み続けられたら、どんなに楽だろうとさつきは思った。けれど、それはもはやできない相談だった。自分が実の娘だと名乗り出て、狼狽する父の顔を見てやろうと心に決めていた昨日までの自分が、見知らぬ赤の他人のように思えた。

「同じことやないですか。事情はみなさんから聞かせてもらいました。玉枝さんは父を助けてくれはった。でも父を助けることで、玉枝さんも救われた。おんなじように、父も玉枝さんと麻衣子さんを支えなあかんかったからこそ、もう一回生きてみようって思えるようになったんやと思います。助けられることで助けることもあるし、救うことで救われることもある。どっちが助けたとか、助けられたとか、それはどっちでも同じことやと私は思います」

さつきが語り終えても、誰も口を開かなかった。

三人の女は、それぞれの思いに耽りながら黙りこくって、春の夜の闇があたりを満たしていくのを見つめていた。遠くで、駅に進入する電車が警笛を鳴らすのが聞こえた。

「さつきさんはそれでいいんですか?」

お互いの顔を見ることが難しいくらい暗くなった頃、麻衣子がぽつりと言った。

誰かに話しかけるというより、自分自身に何かを確かめるような口調だった。

「きっとさつきさんの言う通りだと思います。父と母のことは。でも、それは大人の事情ですよね。私ら子どもには、そんな話は何も関係ないじゃないですか。私は幼い頃父を、六郎おじさんと呼んでました。小学一年生になったとき、これからは三人で親子として生きていこうってことになって、六郎おじさんを、お父さんと呼ぶようになりました。血がつながってないとか、籍が入ってないとか、父と母はいろいろ説明してくれたけど、私にはなんのことかよくわからなかった。ただ、自分にもお父さんができたんだって、すごく嬉しかった。あの日から私は父を、ずっと自分のお父さんだと思って生きてきました。だから、お父さんに、私たち以外の家族がいるらしいって知ったときは、本当にショックだった」

玉枝が目を見開いて麻衣子を見た。麻衣子は母親に笑みを向けると先を続けた。

「お母さん、ごめんね。何年か前に、お父さんとお母さんが話してるの聞いちゃったんだ」

「それで、麻衣子は……」

「ううん。お父さんを嫌いになったわけじゃない。ただ、あの日からずっと恐かった。いつかお父さんが、私たちを捨てて、その元の家族のところへ帰っちゃうんじゃないかって。ほんとに恐かった。しばらくは何も手につかなくなって、どうしたらお父さんを私たちのところに引き留めておけるかって、それればかり考えてた。夜床につくときはいつも、朝起きたらお父さんがいなくなってるんじゃないかって、心配で眠れなかった。お父さんがもしいなくなったら、私とお母さんはどうなるんだろうって、そんなことばかり考えてた。それが悲しくて、悲しくて、自分は世界でいちばん不幸な子だって思ってた」

そこまで一気に言うと、麻衣子はさつきに語りかけた。

「そしたら、ある日、ふと自分と同じ思いをしている子がもうひとりいるってことに気づいたんです。その、お父さんのもうひとりの娘さんは、今頃どんな思いをしてるんだろうって。そしたら無性に腹が立ってきたんです。お父さん、いったい何をやってるんだよって。なんで、大切な自分の子に、こんな思いさせるんだよって。さつきさん、昨日まで私たちのこと憎んでたって言ってましたよね。憎んで当然だと思う。大好きなお父さんを奪ったのは私たちなんだから。どんな事情があったかなんて、子どもには何も関係ないです。だから、憎んでください」

麻衣子のあまりにも真剣な口調が、さつきにはなんだかおかしかった。幼い子どもが、虚勢を張っているように聞こえたからだ。

「そうできたら、私も楽なんやけどね。でも、それは無理よ。こうなってしまっては。私が麻衣子さんを憎むってことは、私自身を憎むのと同じことやもん」

「わかりません。どうしてそうなるんですか?」

「私たちがお互いを憎むのは、お父さんを好きやからでしょう。私は、麻衣子さんがお父さんをそんだけ好きやってことがわかったら、憎むどころか、なんやらすごく嬉しいわ。お父さんをそんなに好きになってくれて、ありがとうって思う。麻衣子さんはどう？　私のこと憎みますか？」

「そんな……。そんなわけないじゃないですか。私は、この世でいちばんさつきさんの気持ちがわかります。わかるから、わからなくなるんだけど。……でも、さつきさんはこれからどうするつもりですか」

「正直な話、それがわからんようになりました。ほんとにわからないんです。玉枝さん、どうしたらいいと思いますか」

玉枝がしみじみとした口調で答えた。

「ほんとに、それがわかればねえ……。だけど、一つだけわかることがあります。さつきさんはとにかく、あの人に、六郎さんに会ってください。それで、どうなるかはわからないけど、それは会ってから考えればいい」

「玉枝さんは、それでいいんですか？」

「はい」

そう言うと、玉枝はさつきの手をしっかりと握った。

「そのために、ここへ来たんでしょう」

13

すっかり日が暮れて、商店街のほとんどの店はシャッターを下ろしていた。

そのシャッター街と化した商店街の外れに、一軒だけ煌々と灯がついている。『カシオペア学習塾』という看板が出ている。

女性が二人、看板を見上げていた。ひとりは黒いカメラバッグを肩から提げている。

麻衣子とさつきだ。

何かの商店だったところを改装して塾にしたらしく、締め切られたガラスのサッシ窓には目隠しになるように内側からベニヤ板が貼られていて、手描きらしいイラストが描かれている。緑の草の生い茂る野原で、一匹の大きな陸亀が気持ち良さそうに居眠りをしている。陸亀の甲羅はぼうっと光っていて、そこに文字が浮かんでいた。

〈三十分後、君は居眠りをしている〉

文字の部分だけ別の板になっていて、そこだけ取り替えられるらしい。

「なんやろ、これ？」

さつきが不思議そうに囁いた。

「おかしいでしょ。カシオペアっていうのは、その亀の名前。三十分後の未来を予言できる亀なんですって」

麻衣子も囁き声で、愉快そうに説明する。

「三十分後？」

「そう。三十分後の未来だけ予言できるの。それで、その予言が甲羅の上に浮かび上がるんだって」

「つまり、三十分後には居眠りしてるって、塾に来てる子に、そう予言してるわけですよね。はは、面白い。なんか、童話みたい」

「そうなのよ。童話なのよ。お父さんが……」

麻衣子は決まり悪そうに、言い換えた。

「六郎さんが、考えたわけじゃなくて、なんとかいう童話に出てくるんですって。この亀」

「麻衣子さん」

さつきが改まった口調で言った。

「ええんです。あの人は私のお父ちゃんやけど、麻衣子さんにとっても、お父ちゃんなんやから」

「さつきさん……」

麻衣子が目を潤ませそうになったとき、塾の中から子どもたちの声が聞こえた。

「先生、ありがとうございました。みなさん、ありがとうございました。また元気良く、お会いしましょう」

「あ、授業終わった。もうすぐ子どもたち、出てきます」

麻衣子が小声で囁き、ベニヤ板に空いた細長いのぞき窓を指差した。さつきがそっとのぞくと、そこはすぐ教室になっていて、テーブル付きの椅子が八脚、扇形に並んでいるのが見えた。子どもたちが立ち上がって、帰り支度を始めている。

正面に大きな黒板があって、その前に立った頭の薄い初老の男性が、ニコニコしながら子どもたちに何か声をかけた。子どもたちがいっせいに笑った。

その男性の姿をじっと見つめるさつきに、麻衣子がそっと声をかけた。

「さつきさん。それじゃ、私、これで帰りますから」

「え？」

「お父さんを、よろしく」

驚くさつきに手を振ると、麻衣子はくるりと向きを変えて歩き始める。まるで何ごともなかったかのように、帰りを急ぐ勤め人のように、颯爽と歩いていった。

虚を突かれ、その後ろ姿をさつきが見送っていると、塾のサッシが開いて子どもたちが出てきた。塾の前に止めてあった自転車に最初にまたがった子が、亀のイラストを指差して笑った。

「あ、また変わった」

亀の甲羅の文字がいつの間にか、変わっていた。

〈三十分後、君はトイレでおしっこをしている〉

「おしっこだって」

「これは、絶対外れだっぺ。だって、俺、さっきおしっこしたもん」

「きったねー」

「何がよ」

「だって、おしっこ」

「お前、おしっこしねーのかよ」

自転車にまたがったまま言い合いをする男の子たちの横を、くすくす笑いながら女の子たちが自転車をこいで通り抜けていく。

「あ、あいづら笑ってたぞ、今」

「おい、キヨコ。おめえも、おしっこしねーってのか、この、おすまし野郎」

「野郎じゃないも－ん」

子どもたちの声が、暗い商店街の向こうにだんだん消えていった。その様子を笑って眺めていたさつきが、顔を引き締めた。

あたりは急に静かになった。

のぞき窓から見ると、六郎は黒板の前で腕を組んで、黒板いっぱいに書かれた数式やら文字やら、絵やらを興味深そうに眺めていた。六郎ではなく、子どもたちが書いたらしい。

しばらくその後ろ姿を見つめてたさつきは、口の中で小さく何かを呟いた。

それから、意を決したように、小さく咳払いをすると、サッシ窓を開けた。

「こんばんは！」

驚いたように、六郎が振り向いた。

「こんばんは。あ、すみません、突然」

「あ、いや。いえいえ。誰かのお母さんですか？」

「いえ、違います。先生、憶えてませんか。私のこと」

「うん？」

「昔……」

「ああ、昔の生徒さんか。ちょっと待って。今、思い出すから。あ、どうぞ、中に入ってください。遠慮なく」

「はい」

教室の壁には子どもたちが描いたらしい絵や、習字、標語のようなものが所狭しと貼られていた。さつきは六郎の視線に気づかぬふりをして、絵や標語に見入っている。六郎はその横顔をじっと見つめていた。

「いつ頃の生徒さんだろう」

「秘密です。あ、これ面白いわあ。〈いちばんゆっくり進む者が、いちばん遠くまで行く〉だって」

「関西の人？」

「はい」

じっと見つめていた六郎の瞳に、何かを思いついたような光がともる。

「あなた、もしかして……」

「はい？　もしかして誰だと思います？」

さつきは真っ直ぐに六郎を見つめた。

その強い視線に気圧されたように、六郎は口ごもる。

「い……、いや。あなた……、本当に私の教え子でしょうか？」

さつきはにっこり微笑み、しばらく黙って六郎を見返していた。

それから、言った。

「はい。そうです。その節は、ほんまにお世話になりました」

そのきっぱりとした口調に、六郎の目にともっていた光がふっと消えた。

「そ、そうですか。いや、ごめんなさい。そうか……。うーん。思い出せないなあ」

「ほんのちょっとでしたから」

「え？」

「いいえ、私が先生に教わってたの。ほんのちょっとの期間やったから」

「ちょっとの間ですか……」

「忘れてもしょうがないです。たくさんの生徒、教えてはるんやし」

「生徒の顔を忘れるなんて、先生失格です」

「ちょっとの間やったけど……」

そう言って、さつきは口ごもった。小さく咳払いをして、言い直す。

「ちょっとの間やったけど、とても楽しかったです。私、一生忘れません」

ふたたび六郎の目に、光のようなものがともった。

「お名前を、教えて頂けませんか」

「だめです」

さつきは目に意地悪そうな色を浮かべた。

「だめ？」

「はい。それは、宿題にします。次にお会いするまでの。先生、それまでに思い出しておいてください。昔、先生にいっぱい宿題出されたお返しです」

じっとさつきの目をのぞいていた六郎が、不思議そうに首を傾げた。

「おかしいな。この教室の子は、誰ひとりとして宿題を出されていないはずなんですが」

「え？」

「この塾で宿題を出すのは、私じゃなくて、生徒の方なんですけどね。生徒が先生に宿題を出す。授業をするのは生徒で、先生の私は子どもたちの授業を聞く。ここは、普通の学校とはあべこべなんです。昔この塾を開いたときから、ずっとそうやってきたつもりなんですけど。あなた、本当にこの塾の生徒ですか？」

最初、驚いたような顔で聞いていたさつきだったが、話が終わる頃にはまた、いたずらっぽい笑顔に戻っていた。

「でも、先生は私にだけはたくさんの宿題を出したんです。忘れちゃったんですか。顔も忘れちゃったくらいだから、きっとそのことも忘れちゃったんですね」

六郎はふたたび、生真面目にさつきの顔をしげしげと見つめ、記憶の糸をたぐろうとしているようだった。

「もういいですって。次までに思い出しておいてください。それより、記念撮影してもええですか。私、今、フォトグラファーしてるんです」

さつきは六郎に背を向けて床にしゃがみ込み、カメラバッグからカメラとストロボを取り出して用意を始めた。

それから、もう一度口の中でそっと呟いた。

「お父ちゃん」

六郎にその言葉は聞こえなかったらしい。

ただ、じっとさつきの背中を見つめていた。

14

「それで、六さんには会ったの?」

「はい。あの後、麻衣子ちゃんが塾に連れていってくれはったんです」

「麻衣子ちゃんが?」

「はい。あの子、ええ子ですわ」

駅のホームは閑散としていた。電車を待つためのベンチはあっても、座っている人はほとんどいない。駅ビルが充実しているから、電車までの時間はみんなそっちで過ごしているのだろう。

清太郎としては、その方が好都合だった。

「ほら、写真まで撮らしてもろたんですよ」

さつきが首から提げたカメラを操作して液晶画面を清太郎に見せた。

塾の教室の椅子に、さつきと六郎が並んで座って写っていた。二十年ぶりに並んだ父娘の写真だ。

「シャッタースピード間違えて、ちょっとブレました」

「麻衣子ちゃんが撮ったんじゃないの？」

「麻衣子ちゃんは、先に帰らはりました」

「気を利かせたのかな……。それで？」

「え？　それでって？」

興味津々の顔で、清太郎が訊いてきた。

「六さん驚いてた？」

「なんでですの？」

「なんでって、二十年ぶりに実の娘と会ってさ」

「ああ、そういうことですか」

さつきはさらりと言った。

「言いませんでした」

「言いませんでしたって？」

「あなたの娘ですなんて、よう言えませんよ。いざ会ってしまうと」

「なんだよ、それじゃなんのためにここまで来たか……」

「それでええと思います。思うようになりました。それに、お父さんに呼ばれて来たわけやないですし」

「そりゃそうかもしれないけど……」

「車海老さんが、どうしてウチとこ来たかわかりますか？」

「そうそう、それがわかんないんだよな。なんでそんなお節介焼いたのか」

「玉枝さんが頼んだんです。玉枝さんに、父の本当の家族探して、もし会いたがってるのなら恋園庵のこと教えて欲しいって、頼まれたんだそうです」

「玉枝さんが……。なんで、そんなこと」

清太郎があえぐように言った。

「それも聞きました。お父さんが辛そうだったからて、玉枝さん言ってはりました。毎朝欠かさずお参りに行ってるのも、知ってはりましたよ。今でも寝言で、私や私の母の名前、呟くことあるんですって。だからもし帰りたいなら、帰してあげたいってずっと思ってたって」

「そこまで玉枝さんが言ってくれたんなら、なぜ名乗らなかったの。せめて娘だって、言ってあげれば良かったのに」

「そんなこと言って、もしお父ちゃんがウチへ帰ってきたら同じことですやんか。きっと寝言で玉枝とか、麻衣子って呟くに決まってますわ」

「ははは、それはそうかも。でも、ほんとにそれでいいの？」

「はい」

さつきがきっぱりと返事をすると、清太郎は黙り込んでしまった。

電車の到着を告げるアナウンスが流れると、何かを思い切ったように清太郎は顔を上げた。

「そか。それじゃ、これでお別れかな」

「はい」

「はいって……。腹立つくらい、はっきり言うね」

「はい」

「あれ、泣いてんの？」

「ぜんぜん泣いてないです」

「よしわかった。これでお別れだ。ちょっと待ってな」

清太郎は自分の懐に手を入れると、さつきの方を見ずにペンダントのように首から提げていたものを引っ張り出した。それは奇妙な形をした、古びたお守りだった。赤い布を縫って作った手作りのお守りだった。

「え？」

手渡されたお守りを見つめる、さつきの目が大きく見開かれた。

「これって……」

「親父の手作りだから、ちょっと不格好だけどな。マジでこれ御利益あんだよ」

黙って聞いていたさつきの目に、何かを理解した光が浮かび、それから涙があふれ出した。清太郎は真っ直ぐ前を見ていたので、気づかなかったけれど。

「いりません」

「え？」

清太郎は思わず隣のさつきに目を向け、涙が浮かんでいるのを見て息を呑んだ。

「私も、持ってます」

さつきはそう言うと、胸もとからお守りを引っ張り出して清太郎に見せた。同じ色と形の、古いお守りだ。元は赤い布だったのだろうが、だいぶくたびれて赤茶色になっていた。

「あれ？」

清太郎は思わず、そのお守りを持ったさつきの手をつかんでいた。最初は荒々しく、それから、さつきの手をつかんでいることに気づいて柔らかく。そして、二つのお守りをじっと見比べた。布の色も、『お守り』と墨で書いた下手くそな字のかすれ具合もよく似ていた。

「これ……、親父のお守り……」

「もらったんです」

「もらった？　それはさ、お袋が俺を背負ったときの負ぶい紐で親父が作ったお守りなんだ。二つ作ったんだよ。小学校の入学式の日に、親父がそれを俺の首にかけて、『これが、お前の母ちゃんだ』って。もう一個は、自分の首にかけて、『父ちゃんもここに持ってるからよ』って言ってたのに、いつの間にかなくしちゃってさ。『好きな女にやった』なんて言うから、大喧嘩したことがあるんだ。だけど、そのお守りをなんでさつきさんが……」

そこまで話したところで、清太郎は合点が行った。

さつきも理解した。

「清太郎さんのお父さんやったんですね、私のとこにずっと来てた人」

さつきがしみじみと言った。

「親父の奴、なんでそんなこと……」

答えはわかっていたけれど、清太郎はいつまでも不思議そうに首を傾げていた。

さつきの手が想像していたよりもずっと柔らかくて、気持ち良くて、いつまでも離したくなかったからだ。

15

ヒデコと力也は、北の町へ向かって軽トラックを走らせていた。

恋園神社の縁日はまずまずの盛況だった。彼らの大たこ焼きも、その前の週からずっと恋園庵で売っていたので売り上げが心配だったが、それが宣伝になって結局売り上げはいつもの倍近くになった。

「いつもあんなだったらいいんだけどな」

ハンドルを握るヒデコが言った。

「前の週から乗り込んだのが良かったな。怪我の功名ってやつだな」

買ったばかりの携帯をいじりながら、助手席の力也が言った。その様子をちらりと横目で見てヒデコが感心したように言った。

「よく気持ち悪くなんないよな、車の中でそんなことして」

「清ちゃんからメール。読む？」

力也が携帯の画面を、ヒデコの目の前で振った。ヒデコは左手の甲で、その携帯を邪魔そうに押しやる。

「アブねえなあ。前が見えねえじゃん。読まなくていいよ。どうせさつきちゃんとよろしくやってんだろ。金曜夜に現地集合で、って返しとけばいいよ。それまで京都でゆっくりいちゃいちゃしてくださいって」

「しかし、奇跡だね」

「清ちゃんが親父さんからもらったお守りを、さつきさんにやろうとしたんだって。そしたらさつきさんも、同じお守りを持ってたの。さつきさんはそれを二十年前に、虎蔵さんにもらったんだって」

「デコ、お前誰にそんなこと聞いたんだ。麻衣子ちゃんか？」

「ああ」

「女って、いつの間にかものすごい情報量をやりとりするよな」

「ほんの序の口だよ、これくらいのことは」

ヒデコが得意そうな顔をする。

「おそろしいわ。しかし虎蔵さん様々だな。すげー人だよあの人は。今日の日を見越していたとしか思えん」

「虎蔵さん、毎年必ず、さつきさん母子の様子見に行ってたみたいだよ、京都まで。六郎さんには内緒で。引っ越してたらしいんだけど、どうやって探し当てたのか。だけどできないよ、なかなかそんなことは」

「結局、みんな虎蔵さんの手のひらの上で踊ってたってことか。すげーなー」

しきりに感心する力也を横目で見て、ヒデコがクスリと笑う。

「そう言えば麻衣子ちゃん、船田(ふなだ)って奴とつきあい始めたよ」

「船田？　あの酒屋の息子の？」

「そお、神主のばか息子にいじめられてた子いるじゃん。なんか急にしゃんとしてさ、昨日もビール持ってきてたけど、見違えるように格好良くなってたなあ」

「ふふふ。それは、俺様のおかげよ。必殺技を教えてやったからな」

「何々、どんな技」

興味津々という顔で、ヒデコが力也を見る。

「お前には教えない。教えるとやばいから。おい、前を見ろよ。前」

「教えてよ。頼むから」

「……」

「お願い、なんでも言うこと聞くから」

「な、なんでも？」

「ああ。なんでも」

「えっと……」

「何、口ごもってんだよ」

「……。じ、自分のために喧嘩すんじゃなくて、愛する人のために戦えって。そう教えてやったんだ」

「ひゃあ、かっこつけたねえ。だけど、そんなんで勝てんのかよ」

「……」

「力也、おめえ……」

「……」

「泣いてんの？」

「だからさあ、そのおめえっていうのやめない」

「なんで泣いてるか教えてくれたら、やめるよ」

「俺もさ、デコのためなら誰にも負けねえって、思ったらなんだか泣けた」

そう言って、力也はヒデコの横顔をちらりと見たが、今度はヒデコが黙り込んだ。

「……」

「どした？」

力也が心配そうな声を出すと、ヒデコが鼻をすすった。

「ばーが」

「デコ、それ涙？」

「花粉症だよ、花粉」

「今頃？　ほれ」

力也がティッシュを出して、母親が子どもにするように、ヒデコの鼻をつまんだ。

「ほれ。チーンって」

ヒデコは横目で力也を見て、一瞬何かを言いかけたが、思い直して素直に鼻をかんだ。力也は丁寧にヒデコの鼻を拭いてやる。鼻を拭かれながら、ヒデコがフロントガラス越しに空を見上げた。

「あ、雨だ」

「ほんとだ」

ヒデコがワイパーを動かすと、しばらく車内は静寂に支配された。

劣化したワイパーのゴムのキーッ、キーッという耳障りな音だけが、規則的に響いていた。

「神の子ってさ、どういう意味？」

ふいに、力也が言った。

「ん？」

「いや、エレーナさんが言ってただろ。麻衣子ちゃんみたいな子は、神の子って呼ばれるって」

「ああ、その話？　それは、麻衣子ちゃんのお父さんは誰でもないって意味だよ」

ヒデコがつまらなそうに言った。

「誰でもないってどういうことよ」

「誰でもないってことは、誰でもないってこと。わがるだろ？」

「ぜんぜん、わからん」

「わがんなくてもいいの。答えは、神のみぞ知るだよ」

「……」

「力也？」

「……」

「拗ねた？」

「いや」

「じゃあ、いいのね」

「ああ、なんか突然わかったような……」

ヒデコが力也の顔をちらりと横目で見る。

「わがったら、その答えは胸の底にしまって一生出すんじゃねえぞ」

「あ、ああ」

「玉枝さん、麻衣子ちゃんにはもちろん、六郎さんにも話したことないんだって」

「どうして」

「話したら、六郎さんのことだから、余計に元の奥さんのとこ帰れなくなるかもしれないって思ったんだって」

「わかんねえな」

「自分の辛い過去話して、六郎さんを縛りたくなかったんだろ。力也さ、あたしが誰かに酷い目に遭って、心も身体もボロボロになったら、あんたあたしのこと捨てる?」

「……そういうことか。虎蔵さんが死ぬ間際に、六さんに話したってのは、そのことなのか」

「たぶんね。だけど、玉枝さん、虎蔵さんにもその話したことないって。誰にも話したことがないんだって」

「誰にも話さず、自分ひとりでその子産むって決めて、それで産んだんだ。すげえな、玉枝さん。……だけどさ、じゃあ虎蔵さん、どうやって知ったんだ?」

「さあ。玉枝さんもわがんないって言ってた。だけど、あるとき、そういう話になったことがあって、玉枝さんが話そうとしたら、虎蔵さんにすごい剣幕で止められたんだってさ。『そいつ殺して欲しいっていうなら、名前だけ言え。そしたら殺してきてやる。でも、そうじゃねえんだったら、麻衣子ちゃんのためにも忘れろ』って」

「かっけーなー。虎蔵さん。やっぱ、かっけーよ、あの人」

「麻衣子ちゃん、幸せだよな」

「え？」

「だって、あんな男たちに守られてきたんだもん」

「……そうだな」

「あんたも頑張ってね」

「あ、ああ」

「ったく、頼りねえんだから……」

「なんだよ、それ」

力也がカーラジオのスイッチを入れた。選曲のツマミを回すと、雑音に混じって地元の放送局が流しているらしい演歌が流れた。

それでまた、しばらく二人の会話が途切れた。

二人を乗せた軽トラックの前に、田園風景が広がっていた。

「おい、見ろよ。あれ」

突然、力也が声を上げた。

「可愛いねえ」

「止まってやれよ」

ヒデコがブレーキを踏むと、小学一年生くらいの男の子と女の子が、お辞儀をして横断歩道を渡っていった。二人で一つの黄色い傘をさしていた。

二人が渡り終えても、ヒデコはブレーキを踏んだままだった。ヒデコは、水田の中の農道を歩いていく後ろ姿をじっと見ていた。

「どうした、大丈夫か？」

「あ？」

「後ろ、クルマ」

誰もいない横断歩道の手前で止まったままの軽トラの後ろに、地元ナンバーの軽自動車が二台続いて、辛抱強く待っていた。

「あ、ああ」

ヒデコは慌てて、クルマを発進させた。

田植えを終えたばかりの水田が雨に煙って、延々とどこまでも続いている。その向こうに、山並みが見えた。その遠い山影をぼんやりと見やりながら、しばらく無言でハンドルを握っていたヒデコが、ふいに言った。

「結婚して、夫婦で歩いていぐのはよ、つまりはあいあい傘で雨の中、歩ぐことなんだって」

「は？」

「いや、これうちのばあちゃんの口癖でさ。一見楽しそうに見えるあいあい傘だけど、激しい雨が降れば降るほど相手を気遣わなくちゃいけなくて、それでもやっぱり濡れちゃうからもっとお互いくっついて歩いていかなきゃいけなくて、行きたい方向が別れても一緒に歩いていかなきゃいけなくて……何より走れねえってあいあい傘じゃ、一歩一歩歩いていぐんだって……。恋人同士で別々の傘で歩いてりゃすぐにお互い別の道を選択できるけど、あいあい傘はそうはいがねえって。決して楽しいだけじゃねえってよ……」

「なるほどなあ」

「力也……」

「うん？」

「うちらもそろそろ、あいあい傘でもすっか？」

そのとき、一台のトラックが騒音を立てて二人の軽トラとすれ違った。

「え？」

「……」

「なんて言ったお前、今……」

「教えない」

「聞こえなかったんだよ。今の暴走トラックのせいで」

「運の悪い野郎だな。つくづく、おめえは」

「言えよ、デコ。今、お前なんかものすごく重要なこと言ったよな」

「ああ。とってもな」

「じゃあ、言えよ」

「聞き逃したおめえが悪い」

「頼む。頼むから、もう一回」

「やだよ」

「あ、あ、お前どうしてそういう意地悪すんだよ」

「……」

「あれ、デコ。怒った?」

水しぶきを上げながら、二人を乗せた軽トラは遠くの青い山並みを目指して走っていく。

その先の二人の会話はもう聞こえない。

(了)

本作品はフィクションです。
実在の個人や名称、事件などとは一切関係ありません。
また、事実と異なる表記があります。

企画

細野 義朗

プロフィール

著者

石川 拓治 Ishikawa Takuji

1961年茨城県水戸市に生まれる。早稲田大学法学部を卒業後、雑誌ライターを経て文筆家となる。リンゴの無農薬栽培に成功した木村秋則を描いたノンフィクション『奇跡のリンゴ』(幻冬舎文庫)は45万部のベストセラーとなり、2013年には映画化される。その他の主な著書に『37日間漂流船長』『天才シェフの絶対温度』(幻冬舎文庫)、『HYの宝物』(朝日新聞出版)、『国会議員村長』『新宿ベル・エポック』(小学館)、『茶色のシマウマ、世界を変える』(ダイヤモンド社)、『京都･イケズの正体』(幻冬舎新書)などがある。

原案

宅間 孝行 Takuma Takayuki

1970年7月17日生まれ。東京都出身。俳優・脚本家・演出家。'97年、劇団「東京セレソン」を旗揚げ、後「東京セレソンデラックス」と改名。2012年に劇団を解散、'13年「タクフェス」を立ち上げる。役者としてドラマや映画に多数出演する一方、脚本・演出家('09年まではサタケミキオ名)としても活動。主な脚本作品は「花より男子」シリーズ、劇団作品の映像化としてはドラマ「歌姫」「間違われちゃった男」、映画「くちづけ」など多数。他に著書として『愛について考えてみないか』(講談社 MouRa)、『純愛戯曲集』『くちづけ』(幻冬舎)。

装丁・本文デザイン

福田 美保子

編集

向 多恵子

制作進行

鈴木 佐和

あいあい傘

2018年3月26日　初版 第1刷発行

著者　石川 拓治
原案　宅間 孝行
発行者　岩倉 達哉
発行所　株式会社SDP
〒150-0021　東京都渋谷区恵比寿西2-3-3
TEL 03(3464)5882（第2編集部）
TEL 03(5459)8610（営業部）
ホームページ http://www.stardustpictures.co.jp
印刷製本　図書印刷株式会社

ISBN978-4-906953-58-5